décio pignatari

terc
eirodé
ciotem
popignatar
i

Copyright © 2014 by Dante Pignatari

Direitos reservados e protegidos pela Lei 9.610 de 19.02.1998.

É proibida a reprodução total ou parcial sem autorização,
por escrito, da editora.

Dados Internacionais de Catalogação na Publicação (CIP)
(Câmara Brasileira do Livro, SP, Brasil)

Pignatari, Décio, 1927-2012.
    Terceiro tempo / Décio Pignatari. – Cotia, SP:
Ateliê Editorial, 2014.

    ISBN 978-85-7480-691-4

    1. Crônicas brasileiras 2. Futebol I. Título.

4-08949   CDD-869.93

Índices para catálogo sistemático:
1. Crônicas de futebol : Literatura brasileira
   869.93

Direitos reservados à
ATELIÊ EDITORIAL
Estrada da Aldeia de Carapicuíba, 897
06709-300 – Cotia – SP – Brasil
Telefax: (11) 4612-9666
www.atelie.com.br | contato@atelie.com.br

2014
Impresso no Brasil
Foi feito o depósito legal

sumário

7 **prefácio** ANTERO GRECO

17 **terceiro tempo**

21 **flama não se paga...**

25 **bola carijó**

29 **ademirável da guia**

33 **façavor...**

37 **compreensão**

41 **caça-níqueis**

45 **tiro indireto**

49 **segunda-feira de cinzas**

53 **bolítica**

57 **rivellino e o dragão**

61 **vento de loucura**

65 **ponte branca**

69 grosso & fino 1

73 grosso & fino 2

77 linha louca

81 fermento, ferimento

85 500 a.c.

89 chega de campeões! 1

93 chega de campeões! 2

97 padilha

101 ama dor

105 cavalheiros, cavaleiros

109 sem piedade, mané

113 não confirmadas 1

117 não confirmadas 2

prefácio
ANTERO GRECO

A inquietação criativa de Décio Pignatari iluminou a cultura nacional em várias frentes, como tradutor, poeta, ensaísta, professor, teatrólogo, teórico da comunicação. Soube, como poucos, combinar erudição com simplicidade, profundidade com graça, seriedade com leveza. E dominou, conquistou, domesticou as palavras desta língua filhote do latim e enriquecida pelo italiano, pelo árabe, pelo inglês, pelo francês, pelo japonês, pelos dialetos africanos, pelo vocabulário delicado dos índios, primeiros e legítimos donos da terra. Divertiu-se, e divertiu-nos, com as imagens que moldou ao embaralhar as letrinhas. Fez delas um incansável jogo de inteligência.

O jundiaiense Pignatari, porém criado em Osasco, encantou-se também com outro joguinho: o de bola. Descendente de imigrantes italianos, não era palestrino, como pareceria lógico, pré-determinado e inevitável.

Mas corintiano da melhor linhagem "maloqueiro, graças a Deus". Torcedor de ir ao estádio, pegar sol, sereno e chuva na arquibancada pelo prazer de assistir de perto às peripécias dos ídolos alvinegros. Com um adendo: como teve o privilégio de viver o surgimento e apogeu do Santos dos anos 1950/60, deliciou-se em acompanhar *in loco* os malabarismos de Pelé e súditos. Prova de bom gosto.

A sintonia de Pignatari com o futebol enveredou para o papel jornal. Entre fevereiro e março de 1965, publicou uma série de crônicas esportivas na *Folha de S. Paulo*, resgatadas e reunidas pela Ateliê Editorial neste *Terceiro Tempo*. Encarou a aventura que outros intelectuais abraçaram em algum momento das respectivas carreiras. Juntou-se a time de craques como Carlos Drummond de Andrade, José Lins do Rego, Nelson Rodrigues (o mestre de todos e até hoje inigualável e inimitável), Paulo Mendes Campos, João Cabral de Melo Neto, Sérgio Porto/Stanislaw Ponte Preta, dentre outros. Hoje em dia, o destaque no gênero é Luis Fernando Veríssimo, titular absoluto para falar sobre Copas do Mundo.

E Pignatari se desvencilhou com garbo da marcação cerrada da velocidade exigida pelo jornalismo diário. Nos 26 textos, esbanja humor, mostra a perspicácia dos grandes talentos, antevê a jogada (ao investir contra a Lei do Passe, ao criticar cartolas, ao lamentar a debandada dos astros, tão logo ganhavam fama), dribla a censura, que ensaiava os primeiros botes após o Golpe de 64, e cutuca sutilmente a perseguição a políticos, quando se refere, por exemplo, a "direitos futebolísticos cassados", logo na crônica de abertura e que empresta o título ao livro, ou à "ameaça" de "IPM por subversão e corrupção" contra o goleiro Marcial, por falhas seguidas na meta do Flamengo.

Tudo com domínio absoluto da linguagem, com direito a trocadilhos de bom gosto, neologismos ("Ademirável da Guia"), esboços de poesia concreta (bola-não-bola, branca-não-branca, preta-não-preta, branca-ou-preta, preta-ou-branca, branca-e-preta, preta-e-branca, prenca, branta, em "Bola Carijó"). Acima de tudo, distribui simpatia, calor. Sente o futebol como povo, não se coloca acima e além dos mortais que xingam o juiz, aplaudem o ídolo, vaiam o perna de pau. Não tem nariz empinado para a estabanada correria atrás do couro, não cultiva ojeriza por manifestação tão rudimentar, que dá calafrios a certa casta da *intelligentsia*...

Não se trata de prevenção de minha parte ao fazer a afirmação acima. O futebol (o esporte, em geral) sofre preconceito, no meio dos bem-pensantes. Perdi a conta das vezes em que flagrei ar de desdém, em interlocutores "de nível", à simples menção de discutir aquele lance bacana do fim de semana, ao comentar a polêmica do pênalti mal marcado, do impedimento que não houve, do futuro de tal equipe, dos destinos da seleção brasileira. Digo de cadeira cativa, dos quarenta anos de redações de jornal, nas quais invariavelmente quem é da "crônica esportiva" é visto, com certa indulgência, como "a rapaziada barulhenta do futebol". Semialfabetizados.

Por ironias e contradições com as quais a vida nos brinda, o danado do esporte acende discussões acaloradas, veementes, furibundas até, nas... redações. Veja só! Quantas e quantas vezes, reuniões de pauta ou de editores se arrastam em temas pesados, em papos cabeça sobre os rumos da economia, da nação e do mundo. A turma com os olhos baços, os bocejos reprimidos, as olhadelas no celular, a conferir mensagens que chegam e espiar a hora, que demora a passar. Até que o representante da editoria de Esportes "canta" as boas do dia. Todos despertam, dão pitacos, perguntam sobre as fofocas mais quentes. Vira conversa de boteco. Alvoroço. Vida.

A excitação inerente ao futebol escorre, fértil, pelos textos de Pignatari, da primeira à última crônica. A atenção volta-se tanto para os "pequenos", como em "Ponte Branca" (em que aborda a queda da Ponte Preta para a antiga Primeira Divisão Paulista), como para estrelas da grandeza de Pelé, Garrincha, Rivellino, Nilton Santos. Todos foram brindados com observações argutas. Eram, então, nomes importantes, que não fugiram da sensibilidade de quem enxergava o valor deles para a história do futebol nacional.

Pelé passeia com naturalidade, e repetidas vezes, pelas crônicas. No pontapé inicial, "Terceiro Tempo", o autor lamenta o fato de que o Rei esteja longe, por causa dos inúmeros compromissos do Santos no exterior. O desterro, porém, não é do jogador, mas dos torcedores daqui, que se privam de admirá-lo de perto. Muito justo. Pelé é o mote para mostrar como comparações são casca de banana. Em "Flama Não se Paga", avisa que, talvez, "se aprende com Pelé", mas adverte que não "se imita Pelé". Com isso, desfaz a tentativa, afoita, de se vislumbrar Nei, então promessa corintiana, como sucessor do ídolo maior. E Nei, bom, esforçado, nunca passou de ... Nei.

Pignatari não releva Garrincha. Já em 1965, a Alegria do Povo apresentava sinais de decadência, que se tornariam acentuados até a morte precoce, e isto não passou em branco pelo senso crítico do cronista. "Sem Piedade, Mané!", um dos últimos textos deste livro, é a defesa do atacante, preso à mordaça da antiga Lei do Passe, e por isso impedido de sair do Botafogo. "Liberte o Garrincha, dê-lhe o passe de presente!", pedia Nilton Santos, amigo, conselheiro, padrinho, protetor, colega de Garrincha. Nilton, A Enciclopédia, tem o devido reconhecimento em "Cavalheiros, Cavaleiros", ao levantar bandeira em prol de Garrincha e contra a tirania dos cartolas como senhores de escravos.

O versátil Pignatari adapta um canto da *Ilíada* para descrever um Santos x Lusa ("500 a.C."), delicia-se com o linguajar retumbante, rococó e repleto de lugares--comuns dos *speakers* de rádio ("Tiro Indireto") e manda bronca para cartola-político. Em "Bolítica" arrasa com João Mendonça Falcão, então deputado e presidente da Federação Paulista de Futebol, que se negou a ceder jogadores dos clubes locais para um amistoso que a seleção faria contra a União Soviética. Pignatari o chama de Sr. Medo da Onça Faisão, Emenda Onça Falação e o classifica como um "patriótimo".

Tarefa difícil indicar a "melhor" crônica. Em cada uma, há belas soluções linguísticas, amálgamas perfeitos entre Futebol e Cultura (as citações a escritores ou pensadores passam longe do pedantismo, como as bolas chutadas para fora), sensibilidade, jogo de palavras deliciosos ("Façavor", "Fermento, Ferimento",

"Ama Dor"). E sempre, sempre, amor ao futebol e às pessoas. Quer definição mais bonita do que essa a respeito do estilo ímpar de Ademir da Guia: "Ademir é um craque por desfastio e joga o seu futebol sutil como quem, soberano e sobranceiro, está matando tempo balneariamente no gramado, à luz dos refletores e sob as vistas perplexas de trinta mil espectadores"?

Um dos pontos altos do livro, repleto de cumes, se me permitem o exagero, está na crônica "Chega de Campeões", dividida em duas partes. Pignatari apieda-se do destino de uma "terra infeliz, terra desgraçada" que é o Brasil, pois não pode ter nada de qualidade ou de projeção, que logo perde o direito de desfrutá-lo. Está a falar dos campeões: a seleção brasileira na época ainda bicampeã do mundo, Éder Jofre, nosso maior boxeador, Maria Esther Bueno, a rainha do tênis. Como estavam em evidência, rodavam por aí, para alegria de plateias estrangeiras e longe do brasileiro. Nada diferente do que ocorre, ainda hoje, com a seleção, que se apresenta mais em Londres do que no Rio ou em São Paulo, porque é produto de exportação da CBF...

Terceiro Tempo é um mar convidativo para mergulhos. Eu fiz de um fôlego só. Mergulhe você também na leitura e, como diria Odorico Paraguaçu, imortal personagem de Dias Gomes, saia de "alma lavada e enxaguada" pela dignidade com que a Língua Portuguesa e o Futebol são tratados por Décio Pignatari.

que porventura poderíamos encontrar nessa interminável ausência – horrível consolo – é a de nos ir acostumando, aos poucos e aos muitos, a um futebol sem o seu futebol. Como só nessa

Afinal de contas, a
enquadradinha, do
só pode servir para
média generalizada
formidável personal
só a absurda harmo
gritantes contradiçõ
Que de outros sortil
e sorte é capaz, pro
de transformar, pelo
Portuguesa, num clá
O trivial vira raro ao
já não distingue ent

erência bem
erço ao túmulo,
aracterizar a
los mortais; para a
ade do estudado,
a entre as mais
é que calha bem.
gios de igual porte
a-o o seu poder
imples ausência,
ico decisivo.
pipe, o paladar
caviar e geleia,

terceiro tempo

Longe da pátria amada nem sempre gentil, vem ele nos re-legando a um cruel desterro, a continências, a abstinências, a jejuns involuntários, como se estivéssemos com os nossos direitos futebolísticos cassados.

Saudosos e vexados, constatamos (pelas fotos que os felizardos da reportagem internacional nos enviam) que ousou cultivar um bigodinho e – imperdoável ingratidão! – teve a audácia de estreá-lo diante de uma plateia alienígena.

E não nos deixam menos perplexos as conclusões do grafólogo chileno que estudou a sua letra: inconstante e dominador, calculista e indeciso, inseguro e com grande "segurança psicossomática", tímido e fanático, solitário e com "sentido solidário de equipe". Decididamente, a caligrafia do enorme ausente é prodigiosa, a ponto de desregular o instrumental "psicossomático" do Sr. Eduardo

Frenk – que assim se chama o ilustre grafoabdala, cujo laudo é vazado em termos psicocantinflescos.

Prefiro acreditar, no entanto, que o Sr. Frenk é um profissional competente e foi rigorosamente científico em seu acórdão grafológico. Afinal de contas, a coerência bem enquadradinha, do berço ao túmulo, só pode servir para caracterizar a média generalizada dos mortais; para a formidável personalidade do estudado, só a absurda harmonia entre as mais gritantes contradições é que calha bem.

Que de outros sortilégios de igual porte e sorte é capaz, prova-o o seu poder de transformar, pela simples ausência, um joguinho pouco mais do que subdesenvolvido, como este último São Paulo *vs.* Portuguesa, num clássico decisivo. O trivial vira raro acepipe, o paladar já não distingue entre caviar e geleia, jogadores apenas regulares passam a parecer ótimos, avilta-se a tábua de valores.

A única utilidade que porventura poderíamos encontrar nessa interminável ausência – horrível consolo – é a de nos ir acostumando, aos poucos e aos muitos, a um futebol sem o seu futebol. Como só nessa matéria (e ainda bem) o brasileiro aprendeu a ter paciência e a esperar, resta-nos a esperança de que quando chegue aquele dia – que longe esteja – já tenha surgido outro, já tenham surgido outros, tão grandes (ou quase...), nascidos desse esforço popular e coletivo que se chama futebol, a fim de manter o padrão de beleza a que a sua arte nos acostumou.

Tenhamos paciência por mais alguns dias: ele voltará. Para acabar com o nosso exílio e nossas magras rações de bola bem jogada. Assim que esteja entre nós de novo, outra será a disposição de todos. Terminará o período de amaciamento, de desenferrujamento: os índices técnicos melhorarão a olhos vistos, e o bom futebol passará a ser gostosamente rotineiro.

Compense-nos da demora a quase certeza de que este Rio–São Paulo será verdadeiramente excepcional, pois que o homem aí vem, tímido e fanático e, ainda por cima: de bigodes.

Folha de S. Paulo, 23.2.1965.

flama não se paga...

Aprende-se, talvez, com Pelé. Mas não se imita Pelé. O crioulo inimitável deve toda a grandeza e toda a beleza de seu futebol a sua inesgotável capacidade de criação. Poucos, muito poucos, raros, raríssimos, talvez ninguém teve ou tem tanta sensibilidade e inteligência criativa para a relação básica do futebol: a relação bola-homem-campo, em função da meta. O campo é um verdadeiro prolongamento de sua pele: para onde vai, Pelé como que carrega o campo consigo. Isto porque ele sabe que, por estranho que pareça, o campo não é estático e sim uma estrutura dinâmica, móvel, relacionado às contínuas deslocações da bola e dos homens e envolvendo sempre uma questão de tempo – o tempo fracionado em piques e lances que dão a precisão e o ritmo das jogadas e do jogo.

É comum ver bons jogadores, e até craques consumados, errarem no cálculo de um *rush*, de um pique, de uma antecipação, de um impulso, de um deslocamento – para não falar já de um lançamento. Esse erro é excepcional em Pelé. Sua noção perfeita de posição nasce do fato de não saber perfeitamente onde está (e onde os demais estão) a cada momento – mesmo em lances agudos e ultrarrápidos – como de saber também onde estará provavelmente (e onde os demais estarão) no lance imediatamente seguinte. Vale dizer: sua posição é sempre boa, é sempre a melhor possível porque é ele próprio que a cria, com ou sem bola, é ele próprio quem cria as condições favoráveis à sua melhor posição. Tanto no posicionamento geral, como no desempenho de cada lance individual, Pelé cria, ao mesmo tempo, o problema e a solução.

No entanto, essa inteligência, esse gênio, essa lucidez física tem a animá-la uma flama que nem a luz poderosa da glória conseguiu ofuscar. Quem se lembre de tê-lo visto numa de suas primeiras aparições – sendo a primeira – no quadro principal do Santos, no Pacaembu, em fins de 1956 ou começos de 1957 (entrou no segundo tempo – de que jogo? não me recordo), lembrar-se-á de que o público riu ao ouvir o bizarro nome enunciado através dos alto-falantes; lembrar-se-á de um negrinho correndo doido pelo campo, como um novilho negro saído do toril, doido, doido faminto à procura da bola e de si mesmo. Que achou a ambos, ou melhor, que criou a ambos, viu-se logo nos jogos seguintes. Viu-se também que o futebol lhe era um absoluto estado de necessidade. Mais do que o gosto, o risco da aventura necessária – algo que se conquista, criando Rei.

Há alguns anos, um outro moreno pintou de Pelé, nos quadros inferiores do Corinthians. Foi criado e alimentado como um craque, craque de nascença e sabença. Antes de correr qualquer risco, foi vacinado, etiquetado e carimbado de craque. Ao ser lançado no time titular, já vinha com um Certificado de Garantia de Craque. Apresentou qualidades inegáveis – mas não acima da média. Chamaram-no de mascarado. Injustiça. O que lhe falta é flama, aquela flama que precede a fama e a cama, que se alimenta dentro da barriga e do coração, que não se paga... mas que se apaga. Aquele sentir-ser em estado de necessidade de futebol, aquele ímpeto carnívoro de devorar a bola eucaristicamente, aquela certeza de que não se joga futebol pela cartilha: bo-la be-la.

Talvez a encontre de novo e a reavive, pirazinha já quase cinzas, agonizando perdida pelo gramado do Parque São Jorge. Ou talvez – feliz ou infelizmente – tenha de correr o risco de encontrá-la (ou não) e encontrar-se (ou não) em outra parte, em outra agremiação, na Guanabara quem sabe (useira em revelações paulistas, ultimamente). Rasgue o certificado e crie o seu futebol, Nei.

Folha de S. Paulo, 24.2.1965.

bola carijó

Já estou começando a ficar encafifado com essa pelota ma-
lhada, com esse couro branco pintalgado de preto, ou preto
salpicado de branco, que os altíssimos mentores da FIFA
oficializaram para o Mundial de 66.

Embora corintiana também, como eu, olho-a com suspeição e desconfiança a rolar enganosamente pelo gramado: bola-não-bola, branca-não-branca, preta-não--preta, branca-ou-preta, preta-ou-branca, branca-e-preta, preta-e-branca, prenca, branta. E cinza, quando em alta rotação. Que diabo de nem-bola é essa, afinal? Caleidoscópica, hipnótica, camuflada, mesmérica – Bola de Troia?

Não conheço, nem sei se existe, o parecer da FIFA que justificou a adoção dessa redonda carijó, mas me pergunto de que ilustre e maligna cabeça terá nascido tão caprichoso desenho de alta costura: seis gomos negros e seis gomos brancos entrelaçando-se em labirinto. Vê-se que o desenhista que bolou o projeto levou na devida conta o fato de o futebol ser jogado tanto com os pés quanto com os olhos, que funcionam como decodificadores de informações (estímulos) para a adequação dos reflexos (respostas). A cogitação pode ter sido sagaz, o interesse pela função do olho, louvável – mas o resultado ainda não me convenceu.

Querendo beneficiar o olho, a bola carijó prejudica o pé. Sem dúvida, ela "informa" sobre o sentido e a velocidade de sua própria rotação, de modo a preparar os reflexos do jogador para o controle do efeito: a distância e à vista, ele percebe mais facilmente se ela vem (ou vai) com ou sem efeito.

Mas esse aspecto positivo é francamente anulado e superado pelo lado negativo – pela face oculta dessa lua alvinegra sem São Jorge. Este aspecto negativo se refere à destruição visual e visível da forma da pelota. Visualmente, esta bola não é mais redonda: a maquilagem que lhe impuseram destruiu a sua forma necessária, que passou a ser – se se pode dizer – informal. O camarada – especialmente quem joga – tem a impressão de que ela varia de tamanho a cada instante e não sabe direito de que lado pegá-la. Sim, porque essa bola infernal tem "lado", por incrível que pareça: meteram-lhe na fachada uma decoração de ladrilho, azulejo ou muro – e ela virou mapa-múndi em projeção esférica!

A bola carijó exige um esforço extra dos nervos e dos olhos do jogador – um esforço extra de adaptações. É possível que se adapte a ela – e o jogador brasileiro é bem capaz de extrair da bicha novos recursos de malícia e solércia. Até lá, porém, vai perder (misteriosamente...)

muito pique, muita matada de bola, vai enroscar-se em muito controle, em muita finta falha, em furadas sensacionais, em tiros sem pontaria, em erros sutis de cálculo de tempo – e em muita penosa carijó no galinheiro de três paus (se for guarda-metas).

E é bom que se adapte logo a esse couro tatuado – porque essa galinha de Troia não está com jeito de favorecer os malabarismos pessoais de nossos craques e sim o jogo quadrado das triangulações esquematizadas europeias.

E teria sido tão mais simples a bola-bola branca diurna e noturna.

Folha de S. Paulo, 25.2.1965.

ademirável da guia

A torcida palmeirense também é uma torcida de massa – uma torcida típica da classe média paulista. A faixa de povo situada entre a pequena-burguesia mais ou menos remediada e a burguesia mais ou menos enriquecida contribui com o maior contingente alviverde: não é por acaso que, no Pacaembu, os alviesmeraldinos ocupam de preferência o setor das arquibancadas, entre os Cr$ 500 das gerais e os Cr$ 2.500/ Cr$ 3.500 das numeradas.

Torcer, para os palestrinos, é um investimento. Basta o time cair de produção, basta uma derrota, e ele já começa a achar que futebol é atraso de vida, é melhor ir tratar do emprego, dos negócios, da família. Neste período de depressão e bile, o palmeirense se torna um elemento de alta periculosidade... para o Palmeiras: ainda que com consciência carregada e aperto no coração, ele não hesita em vaiar o seu próprio time em campo. E começa a desertar dos estádios, preferindo – quando muito – o conforto doméstico da poltrona, das chinelas e do videoteipe.

Mas eis que o time melhora e colhe algumas vitórias: uma vitória expressiva que seja. É o quanto basta para produzir no palmeirense uma transformação brutal, lobisômica: ele fica um fanático furioso, quase corintiano, a suar e salivar e enxergar verde verde verde, como se estivesse intoxicado por duas arrobas de lasanha preparada com clorofila!

Anteontem, saiu ele do Pacaembu achando que o jogo e a sorte lhe ficaram devendo qualquer coisa. Saiu num estado que não é o seu normal, num estado intermédio entre um desgosto suportável e um mal contido acesso de icterícia d'alma. Ao ultrapassar dois deles, à saída – dois deles nos seus verdes anos – captei estes fragmentos de conversa:

— ... não ganhou, mas não fico chateado: o time está bom.

— E quanto que você xingou aquele homem, no ano passado!

"Aquele homem" é Ademir da Guia, o moço loiro que é mulato-aço, albino, e que mais parece um pardo com o cabelo empoado. Justamente naquilo em que é atacado, criticado, xingado – a sua proclamada moleza – é que reside o segredo, a marca, o sinete inconfundível de sua grandeza de craque.

Sinuosidade de cobra e elegância de dançarino de minueto, indolência solar de casa-grande – Ademir é um craque por desfastio e joga o seu futebol sutil como quem, soberano e sobranceiro, está matando tempo balneariamente no gramado, à luz dos refletores e sob as vistas perplexas de trinta mil espectadores.

Que essa preguiça caprichada, digna de um matemático decadente da corte de Luís XVI, é capaz de ímpeto, viu-se na quarta-feira última, por ocasião da estreia do Palmeiras no Rio–São Paulo, frente aos pitecantropos corintianos, tradicional e gloriosamente armados de tacape.

Um gol de mestre de balística – de compasso, esquadro e tira-linhas: um gol que deixou de consignar por absoluto tédio (*noblesse oblige*: quis concluí-lo fielmente de acordo com o desenho que trazia na cabeça): um pelotaço no travessão (traçado a sextante e astrolábio, com minúscula margem de erro) e a maquinação geral no meio-campo, que quase esgota a categoria de Dino Sani, deixando bufando os quatro mastodontes da defesa alvinegra, constituíram um espetáculo dentro do espetáculo belíssimo que foi esse jogo de futebol.

Nada fazia prever essa beleza: nem o tempo chuvoso, nem o gramado escorregadio, nem a assistência decepcionante. Nada fazia prever que o fleumático Ademir da Guia estivesse fria e admiravelmente empenhado em lutar por um lugar na seleção brasileira.

E ele está.

Folha de S. Paulo, 26.2.1965.

façavor...

— *Olhe, você quer saber de uma coisa: eu não engulo esse negócio de chamar o Corinthians Paulista de "agremiação mosqueteira", os palmeirenses – de "periquitos", o São Paulo – de "Vovô", e outros bichos do mesmo naipe, tamanho e estilo. E digo mais: concordo inteiramente com o cronista carioca – acho que foi Sérgio Porto – que gozou a falta de imaginação paulista a esse respeito...*

— Uai, mas não é você mesmo quem defende a cultura grossa de massa contra a cultura fina de classe: o cinema de Jerry Lewis, a rádio-foto-telenovela, as histórias em quadrinhos, os anúncios, os *slogans*, os símbolos coletivos?...

— Eu mesmo, eu mesmo. A ponto de achar estranho que todo o mundo se prepare para comemorar o 700º. aniversário do nascimento de Dante Alighieri, e ninguém se tenha lembrado de lamentar o falecimento, em dezembro último, de Phil Davis, o genial criador de *Mandrake*.

— Essa está boa, essa está ótima – mas essa, não!

— Essa, sim: mais gente lê *Mandrake* num mês do que Dante em setecentos anos. Enquanto nos fizerem crer que Dante é uma instituição, e não um poeta, e enquanto não se lhe der as mesmas condições de leitura de *Mandrake*, a massa não terá a mínima chance... Mas como eu já estava dizendo...

— Mas como eu já estava perguntando...: o que é que você tem contra os "mosqueteiros"?

— Qual é a ligação que você vê entre mosqueteiro e Corinthians? Não pode ver nenhuma, porque não existe nenhuma. É um troço forjado, gratuito, que enfiaram pelo gasnete do público, na marra. Acho que o povo é filtro e não boca do lixo. Deve ser incentivada a sua capacidade de filtragem, de escolha, de discriminação, de seleção. A isto eu chamo de cultura popular. Toda vez que alguém me diz que tal ou qual coisa "caiu no gosto do público", eu entendo que caiu "no esgoto do público". Quero deixar consignado aqui o meu mais veemente protesto...

— Muito bem, muito bom! Palminhas e palmadas para o mui nobel colega!...

— Então – aos fatos, aos fatos. Veja o periquito palmeirense. Já começa que esse emplumado de cachimbo é um periquito de araque, disfarçado. O pai era papagaio e se chamava Zé Carioca, uma criação de Walt Disney. Como este símbolo era falso, gerou uma série de falsidade e falsetas. Aconteceu, por exemplo, que os incautos palmeirenses foram levados a adotar, como sua, a música *Periquitinho Verde*, cuja letra é assim, se você se lembra:

Meu periquitinho verde,
Tira a sorte, por favor.
Eu quero resolver
Este caso de amor,
Pois se eu não caso
Nesse caso, eu vou morrer.

Enquanto o meu alvinegro do Rio, o Botafogo, é conhecido como "o clube da estrela solitária" – maravilha de *slogan*! – eu lhe pergunto: o que pode haver de ligação entre essa papaperiquitada toda e o Palmeiras?

— Há o verde.

— Essa é boa, essa é ótima – mas essa, sim! Puxa vida... E eu que já ia propor que cada clube promovesse um concurso entre os seus associados para a criação de um símbolo novo, puro, autêntico!... Genial, simplesmente genial!... Francamente, essa me havia escapado. Desdigo o que disse. Em primeiro lugar – e com o perdão da palavra – o Sérgio Porto é uma besta. Em segundo e último lugar, acho que tudo ficará bem como dantes.

— Ainda bem, mosqueteiro chato.

— Façavor: não me chame de mosqueteiro.

Folha de S. Paulo, 28.2.1965.

compreensão

Foi tudo na base de 64 fotogramas por segundo: câmara--lenta, modorra, cansaço, compreensão.

Tempo parado, chuva suspensa, noturno mormaço.

Fui conversando com o chofer. No curto trajeto, contou-me toda a história de Franca, a glória de Franca, "seiscentas fábricas registradas, sem falar nas clandestinas", os sapatos-pedestais da glória de Franca, os Samelos, os Terras, 25 mil pares por dia, a maior concentração de pisantes do mundo, quiçá. Santista, estivera no Pacaembu, pela última vez, em 1959: "Ah, o Santos joga hoje?"

Um quarto para as nove – e ainda muito lugar nas gerais, para onde me mandei com minha mulher. Munido de um binóculo marreta e de um transistor.

O público veio afluindo de manso. Calma. Não pressa. Uma premonição tácita: hoje não vai encher.

Às nove e tanto, os dois conjuntos sobem para o gramado, quase que ao mesmo tempo. Os chinelos, portando a bandeira oliverde-amarela. Os santistas retardando o passo, em deferência. Saudações. Ovações.

Um gordo, sanguíneo, de chapeluco verde berrante, passa se agitando, carregando um cartaz: "A torcida brasileira saúda os chilenos". Tenta conclamar a massa para um pique-pique. Sucesso relativo. Ovações. Gozações. Pré-carnavalismo desencantado.

Um minuto de silêncio. E não é que deu para encher as gerais? Vazios, apenas os setores ruins das numeradas.

O Santos Futebol Clube maneira, faz média, se poupa, joga devagar. O Universidad acha ótimo: joga mais devagar ainda. O relógio anda mais do que a bola. Uns arremessos a distância. A crer na aceleração de voz dos locutores esportivos – sempre atrasados na descrição das jogadas – dentro do gramado, 22 sujeitos desenvolvem uma atividade febril. Positivamente, devem estar irradiando algum outro jogo.

"De acordo com a estratégia e com a tática, ainda não estamos perdendo" – deve pensar Leonel Sánchez. Aparentemente satisfeito com a ideia, condigna-se com dar mais um tiro de longa distância – loooooonge do arco guarnecido por Gilmar.

De tanto se comprazer no jogo de gato e rato, o Santos se esquece de derrotar o adversário, se embaralha.

Termina o primeiro tempo.

Recomeça o jogo. Afinal Pelé raspou ou não os bigodes? Meu binóculo não me atende. Parece que sim.

Em compensação, ganhou outra sombra: o Marcos, de jaqueta nº 8.

Descuidou-se. Pague-se por esta única via de nota promissória um tento para o Santos Futebol Clube, de Vila Belmiro, sacado contra o Universidad Católica, de Santiago do Chile, na cidade de São Paulo, aos vinte-e-seis do mês de fevereiro do ano de mil-e-novecentos-e--sessenta-e-cinco.

Marcos se ressarce do dano, salvando – mi-la--gro-sa-men-te – um gol certo. Tirou da última linha, no carinho, e pôs a pelota para o alto, a escanteio. Pensando bem, é uma coisa impossível. Mas enfim...

O negrão atrás de mim solta um palavrão de júbilo.

"De acordo com a estratégia e com a tática, estamos perdendo de pouco."

Compreensivo, o juiz apita o final do amisto-síssimo.

Folha de S. Paulo, 1.3.1965.

caça-níqueis

As recentes declarações do técnico Lula, ao desembarcar no Galeão, ao término de mais uma excursão do Santos F.C. por gramados latino-americanos, tiveram o condão de provocar a ira da crônica esportiva da Guanabara. Que teria declarado o misterioso Luís Alonso que, nestes dez anos, transformou o esquadrão da Vila numa espécie de time hors concours *do futebol brasileiro?*

Declarou, em substância, o seguinte: a) que o Torneio Rio–São Paulo é um torneio caça-níqueis; b) que o Santos F.C. perdeu a Taça Libertadores da América do ano passado por haver dedicado demasiada atenção ao referido certame; c) que não vai dar maiores pelotas ao dito cujo ora em curso; d) que o Santos F.C. nunca esteve interessado em Garrincha, e sim no retorno de Dorval.

Picados em seus brios (Garrincha), os cariocas inquinaram Lula de vedetismo e boquirrotismo, achando que ele perdeu uma boa oportunidade de ficar calado. Podem os guanabarinos ser acusados de má vontade bairrista (mal que não é só deles...), mas convenhamos que a intempestiva falação do preparador santista não poderia provocar uma reação favorável, de alta e altiva compreensão.

Em primeiro lugar, ninguém de bom senso se opõe aos cotejos e torneios internacionais: o intercâmbio futebolístico internacional deve ser sempre incentivado, nos seus diversos níveis e âmbitos. Mas sem as suas raízes populares brasileiras, em que se transformaria, em pouco tempo, a notável equipe de Vila Belmiro? Num bando de ciganos cosmopolitas iludidos com a glória passada. Pelo modo desastrado com que Lula colocou as coisas, deduz-se que ele simplesmente prefere um caça-níquel a outro – um internacional, mais rendoso, a um nacional mais aleatório. E se esta privilegiada opção lhe é dada (aceitando os seus termos, para efeito de argumentação), deve ele agradecer à grandeza do nosso futebol – e não apenas ao futebol santista – o futebol brasileiro que se sagrou bicampeão mundial nos campos e nos corações do fraternal povo chileno.

Sagrou-se bicampeão praticamente sem Pelé – mas com Garrincha, que, no jogo com a Inglaterra, por exemplo, atingiu o máximo a que um jogador pode aspirar, em raça e genialidade. Pode ser – não é certo – que o futebol de Garrincha já esteja muito manjado entre nós: pode ser – não é seguro – que o seu declínio seja irreversível; pode ser – não é verdade – que o Santos venha a ganhar mais dólares do que faria com Garrincha. Teria sido melhor que Lula, que sói falar tão pouco, falasse com fato e justiça, ao falar muito.

Começo a desconfiar que Lula é bastante pessimista em relação ao futuro do Santos F.C. Até parece que ele pensa assim: "Depois de Pelé e de mim – que venha o dilúvio!" Sem o inimitável Crioulo, o Santos não é o mesmo – pudera. Mas é uma estupidez pensar que, sem Pelé, ficará a agremiação da Vila reduzida a um timeco qualquer, ameaçado de descenso. Não deverá ser assim, não será assim: basta lembrar a milagrosa virada diluviana no Maracanã, contra o Milan.

A continuidade de alta categoria do futebol brasileiro – e do Santos F.C. – depende, e muito, do Rio–São Paulo, já em dois turnos, que reúne algumas das melhores equipes de futebol de todo o mundo: este certame é um grande passo adiante no sentido de eliminar os efeitos danosos das maratonas futebolísticas regionais. Só um cego não vê isto. Ou o Sr. Lula.

Folha de S. Paulo, 2.3.1965.

tiro indireto

Não vi o jogo São Paulo vs. Palmeiras, nem pelo videoteipe. Ouvi, apenas, a irradiação – o que significa assistir ao jogo antes pela via indireta da imaginação do que pela via direta dos fatos. Jogo, aliás, que se caracterizou pelo que se costuma chamar "vias de fatos"...

Deveras impressionado pela proficiência dos locutores e cronistas, que criaram para o futebol um jargão riquíssimo, onde o pitoresco se alia à precisão, pus-me a anotar uns pedaços soltos de prélio, a partir do "pega" Ferrari *vs.* Dias:

O LOCUTOR

... Espetáculo degradante... Ferrari andou se desmandando em campo... antifutebol... massagista bateu no juiz... Albino Zanferrari não pode apitar nem briga de galo... Moço indisciplinado que deslustra as tradições do São

Paulo Futebol Clube... a linha divisória... campo de ataque... O público não pode aplaudir este moço... O olé é o caldo de cultura que pode gerar toda a indisciplina do futebol... ultrapassa a linha das sociais do estádio do Pacaembu... a bola sai pela linha lateral, sob os apupos da plateia... pela cancha de defesa do São Paulo... O Palmeiras prende bola... Tempo regulamentar esgotado... Desce bem... perigo... vai tentar o gol de honra do São Paulo... não consegue... termina a partida no Pacaembu... Efraim vai cumprimentar o juiz, não sei se de gozação... Faustino também... Pelo setor das arquibancadas palmeirenses, o juiz é aplaudido... Elegante atitude de Benê, que se recusou a comentar o desempenho do juiz...

UM JOGADOR
(são-paulino)

... Uma coisa incrível esse juiz... Não é a primeira vez que ele prejudica o meu quadro... Sei que não tenho autoridade... permitida para criticar o juiz... diante de uma coisa dessas a gente não pode ficar calado... não há tatu... que aguente...

O CRONISTA

... Espetáculo triste... Embora devamos reconhecer os méritos da vitória da Sociedade Esportiva Palmeiras... Este público que se locomove aqui para prestigiar este jogo, sacrificando o reinado de Momo... quando embora acertadamente expulsara o jogador Dias, acabou adotando um critério dúbio... Quando tivemos então uma altercação de gestos e palavras entre Dias e Ferrari... Mas a estas alturas Albino Zanferrari já era um palhaço dentro do picadeiro gramado... acabou deslustrando um espetáculo que já não era dos mais brilhantes... Bené era apenas um figurante... receoso ao extremo... apagadíssimo... zero... fora de forma... acovardado... Quando atingíamos praticamente os doze minutos da fase complementar, tivemos aquela cena... Entretanto devemos condenar a atuação de Ferrari frente a Faustino... Damos aqui por encerrado estes nossos trabalhos... os nossos mais sinceros e sentidos pêsames a ambas as equipes... devendo as coroas e flores ser remetidas a sua senhoria, o meritíssimo Sr. Albino Zanferrari...

De ouvido, com apenas alguns cortes e retoques, ao correr das vozes e da esferográfica...

Meus mais sentidos e sinceros agradecimentos aos coautores desta crônica... que sai hoje em termos mais de imprensa falada do que escrita...

Folha de S. Paulo, 4.3.1965.

segunda-feira de cinzas

É raro, bem raro assistir-se, já não digo a noventa minutos de bom futebol, mas a noventa minutos completos de bola disputada. A preocupação de poupar energias já passou de ideia fixa: transformou-se numa verdadeira segunda natureza de preparadores e jogadores.

Após tantos anos de acirrados campeonatos regionais – que mais parecem penosas batalhas em intermináveis capítulos – de certames interestaduais e internacionais, de excursões e amistosos de ocasião, os dirigentes já parecem completamente tomados pelo sambalanço das tabelas... e dos balancetes.

Na qualidade de dirigentes do futebol-indústria, buscam eles, ao mesmo tempo, aumentar a produtividade de seus homens-máquinas – aumentando o número de compromissos – e evitar os desgaste, a depreciação, o obsoletismo e a baixa rentabilidade de seu "equipamento".

Quem sofre com isso, já se vê: são os jogadores. E o futebol.

As equipes estáveis, homogêneas, bem orientadas e entrosadas, e com bastante cancha, conseguem realmente uma grande economia de esforços (redução de gastos), mediante a dosagem certa de dispêndio de energia – nos momentos oportunos.

É o caso do Santos F.C., que poucas vezes se deixa surpreender por uma "virada" do adversário, depois de já estar com vantagem no marcador. Ao contrário: é conhecida a sua capacidade de ir aumentando, gradativamente, a pressão de sua "caldeira", até transformar em vitoriosas, partidas que, a muitos, poderiam parecer irremediavelmente perdidas.

Muitas equipes, porém – às vezes, grandes equipes – no afã de vencer a contenda com o mínimo de esforços, fecham-se na defesa para garantir um resultado favorável, e acabam colhendo justamente o resultado negativo que desejavam evitar, gastando, na derrota, o dobro de energia...

Ao que parece, é o que acaba de acontecer com o Corinthians, que, localizando uma brechinha na tabela do Rio–São Paulo, resolveu dar um pulinho carnavalesco ao Paraguai, para enfrentar a seleção guarani, em Assunção.

Terminado o primeiro tempo: 3 a 0. Ótimo para os alvinegros. A coisa parecia mole: bicho garantido e alguns poucos milhões a mais nos cofres. A temperatura: uma África. A ordem: poupem-se! Que aí vem uma terça-feira gordinha extraprograma. Brandão deu início à operação-poupança, com algumas modificações de truz, provavelmente inspiradas naquela da substituição de Rivellino, contra o Palmeiras...

E tudo indica que os seus pupilos foram de um zelo exemplar no rigoroso cumprimento das ordens do preparador: pouparam-se a mais não poder.

O resultado foi bárbaro, de máscara e fivela: 3 a 4.

Os guaranis, agradecidos, presentearam os corintianos com chapéus e com garrafas de *caña*.

Os primeiros, de certo, para lhes dar a ilusão do carnaval.

As segundas, pressume-se, para "rebater" a ressaca de quarta-feira de cinzas, curtida em plena segunda-feira.

Bruta farra!

E logo este ano, quando nossas gloriosas Forças Armadas e o sr. Mendonça Falcão vão comemorar um século de Guerra do Paraguai!...

Folha de S. Paulo, 5.3.1965.

bolítica

Há dez anos atrás, no começo da primavera, atravessei a Mancha rumo à Inglaterra, em companhia de um inglês e um israelense. Este lutara contra os nazistas, no exército de sua majestade britânica, e perdera as duas pernas dando combate aos árabes, nas lutas pela independência de seu país. Não era judeu – era israelense, fazia questão de frisar, mostrando um certo orgulho e uma certa irritação na necessidade que sentia de afirmar sua nova nacionalidade.

O outro era um operário de volta das férias, velho e bem-humorado militante do Partido Comunista inglês. Com não menor orgulho, exibia sua carteira de filiação, datada de 1935.

No meio da travessia, a barcaça começou a jogar; o israelense não podia manter-se em pé, no convés: penoso demais. Ajudamo-lo a descer para o bar, com as suas três pernas mecânicas (uma sobressalente, que carregava numa caixa) e voltamos para cima, o inglês e eu, rumo a um estranho bate-papo, entre solavancos e bacias desbeiçadas, lascadas, de ágata, espalhadas pelo chão, sinistramente convidando a embrulhos de estômago e a vômitos.

O velho súdito de sua majestade era uma bola. Passou o tempo todo contando piadas mais do que irreverentes sobre o casal real e – a certa altura, a uma observação minha, de cujo teor não me recordo – respondeu:

— Não adianta: você dorme, você come, você ama... tudo é política!

Por motivos óbvios, coloco "ama" onde ele, em inglês, colocou a palavra certa e concreta – o desbocado. Retribuí o prazer da companhia e a lição cedendo-lhe os meus direitos sobre a garrafa de uísque a baixo preço, na hora do desembarque. A última visão que tive dele, já na Victoria Station, foi a de duas saliências nas nádegas rebolando no meio da multidão: duas garrafas de um quarto, uma em cada bolso traseiro da calça.

Sabemos todos que o trivial da vida esportiva é condimentado por fofocas, futricas, politiquices, politicagens e politicalhas – como dizia mestre Ruy Barbossa: digo – o dr. Ruim Verbosa: melhor – dr. Rui Barbo Ousa: isto é – o eminente Rio Babosa: vale dizer – o legalíssimo Rui Barbero: enfim – o Águia de Haia e Mucama.

Já o sr. Medo da Onça Faisão: digo – o nobre deputado Emenda Onça Falação: enfim – o dr. Mendonça Falcão prefere librar-se nas altas esferas do que ele julga ser a política internacional. E acaba de comunicar ao dr. João Havelange, presidente da CBD, que não cederá jogadores paulistas para o selecionado nacional que deverá enfrentar o da União Soviética nos dias 4 de julho e 14 de novembro próximos. Alega o referido mentor da FPF que não pode alterar a tabela do campeonato paulista e, portanto, não pode encontrar datas que permitam a cessão dos craques paulistas para aqueles compromissos.

Isto significa que a seleção brasileira terá de se apresentar desfalcada naqueles importantíssimos ensaios internacionais (o time da URSS pode ser um sério desafiante às nossas tripretensões), simplesmente porque o dr. Falcão não encontra novas datas para um XV de Novembro vs. Esportiva, ou um Juventus vs. Ferroviária – sem falar nos grandes clássicos que são transferidos, por acordo mútuo, assim que chova um pouco mais!...

O caipirismo mental – político e esportivo – conduz ao caiporismo. Se as coisas começam desse jeito, nada mais dará sorte nem certo em nosso futebol. Afinal de contas, ninguém tem culpa se o dr. Mendonça já teve a sua oportunidade de conduzir a nossa delegação numa excursão que ficou famosa pelos resultados deprimentes.

Imaginem agora se calha de o Brasil vir a ser derrotado pela URSS, na Inglaterra, em 1966 – já pensaram no bode que vai dar? Será um tal de IPMs para cima de jogadores, preparadores, massagistas e roupeiros, um tal de futebol "altamente comunicante", um tal de "em defesa dos mais altos princípios morais e cristãos da família brasileira" – e um tal de reeleições, quivoticontá.

O tempo de fazer média com a bandeira nacional já passou. Pode o sr. João Falcão ser mais do que um patriota – pode ser um patriótimo. Isto não nos obriga a ser patriotários: mandaremos brasas, brasões e brasis toda vez que joões-mendonças-falcões se afoitarem a rasteiríssimas bolitiquices.

Pode ser que o meu anônimo amigo comunista inglês não tivesse razão de todo: mas tinha senso de humor. O dr. João Mendonça Falcão não tem nem uma, nem outra coisa.

Folha de S. Paulo, 7.3.1965.

rivellino e o dragão

O futebol sobrevive e vive de renovação – mas, principalmente, de revelação. Não há clube, não há agremiação, não há dirigente nem preparador que não esteja sempre de olho aceso para adivinhar, distinguir, perceber, descobrir e catar, na sua chocadeira, algum garoto com pinta de craque.

Muitos pintam de craque, muitos piam de craque. Muitos são tratados à aveia, vitamina e pão de ló, são protegidos e resguardados das intempéries do tempo – até o momento azado, a hora da verdade, o teste final diante das plateias. E muita plateia estronda e uiva em vão, à toa e dolorosamente: a estrela não nasce na testa do moço, que vai encolhendo e desaparecendo, até confundir-se – quando é mais feliz – com a maioria normal e medíocre dos jogadores normais e medíocres. Não se revelou – ou melhor: revelou-se negativamente.

É o caso do Nei, no Corinthians. Mas não é o caso de Rivellino, que ontem deu um esplendoroso e monstruoso *show* de bola no Pacaembu, para o qual as excelentes jornadas de Dias e Bellini melhor serviram de palco-pedestal.

Rivellino joga duro, joga maldoso, joga o fino – magistralmente: lição de bola do menino entre doutores. Revelou-se craque, craquíssimo em todas as dimensões da alma e do corpo, só os quatro lançamentos que fez (três a Flávio e um a Bazzani) bastam para elevá-lo à altura dos maiores.

Sua genialidade de tal maneira brilhou em campo, que acabou por iluminar até o cérebro de Flávio: o admirável, majestoso troglodita gaúcho, depois de deixar de marcar em duas rivelínicas oportunidades, simplesmente seguiu a direção do braço do mestre (que lhe apontou, em plena corrida, o local do lançamento), viu-se – milagre – sozinho diante de Suli, driblou-o e assinalou um gol de paralisar pássaro no ar, encobrindo Bellini, que se postara no centro do arco!

Rivellino revelou-se. Não vai encolher nunca mais. Sua estrela sobe, grandiosa e solitária, dentro da equipe alvinegra de Parque São Jorge, dentro do futebol paulista, no céu do futebol bicampeão mundial. O Corinthians não ganhou (Dias estava lá... e Cabeção não estava), mas não importa: a fiel torcida, ontem, no Pacaembu, pôde soltar o seu generoso e portentoso bafo e desabafo de grandeza – que constitui o único, autêntico e verdadeiro reconhecimento de gênio.

Rivellino: estrela com nome. Petulante e sinuoso, seu controle de bola e suas fintas, seus piques e lançamentos, sua inteligência e seus nervos, sua maldade gelada e a sua fúria no comando do meio-campo são realmente demoníacas – são de jeito a provocar a agressão física por parte do adversário (reconhecimento de sua grandeza), à qual aliás, ele revida com prazer maligno.

Rivellino é mais do que a esperança, é a vingança dos "sofredores" corintianos. Depois de onze anos de fel e são-jorge, a fiel torcida acabou por desejar, ardentemente, a vitória do dragão com a qual se identifica e confunde.

A torcida corintiana é o dragão – e Rivellino é a labareda que sai da sua goela.

Folha de S. Paulo, 8.3.1965.

vento de loucura

— *Onde é o guichê em que se devolve o dinheiro?*

— Eta, jogo mixuruca!

— ... teve de tudo: perus e peruanos, e um camarada fantasiado de juiz.

— Até o Pelé dando trombadas!

Os troços mais esquisitos aconteceram no jogo Santos *vs.* Universitarios, do Peru, efetuado no Pacaembu, em disputa do Torneio dos Campeões, também chamado Taça Libertadores da América.

O juiz Dimas de Lu Rose, paraguaio, exigindo um pontapé inicial antes do minuto de silêncio – para dar início ao jogo propriamente dito com bola ao chão.

Pelé pesado e grosso como um rinoceronte, trotando em corridas difíceis, errando nos passes e lançamentos – e marcando dois tentos.

Os peruanos necessitando da vitória e jogando

numa defensiva total: marcação homem a homem e ainda três incas funcionando de *liberi*, para o que desse e viesse.

Os peruanos (nos contra-atraques) arrematando pelo menos uma vintena de vezes – de média, longa e longuíssima distância, contra a meta de Gilmar... e errando todas.

Até que, para espanto deles próprios, acertaram um tiro do meio da rua. Gilmar, já enjoado, pela má pontaria dos visitantes, houve por bem apenas espalmar a bola, ao de leve, e acabou caindo com ela e tudo para dentro das redes: penas voando, legítimo peru peruano.

Zito, com um fôlego que tirou não se sabe de onde, mais parecendo empenhado numa corrida de duzentos metros rasos, com barreiras.

Um jogador peruano acenando para o juiz, da linha lateral das sociais (para substituir um companheiro), impedindo a saída de uma bola reboteada e repondo-a em jogo para a ponta-esquerda, ante a perplexidade geral e a mais cômica indiferença do árbitro, que só se deu conta do ocorrido quinze segundos depois, e... nova bola ao chão.

Os santistas reclamando uma recontagem de passos para a formação da barreira peruana, o juiz medindo oito passos bem compassados (contados pelo estádio inteiro), deixando a barreira onde estava e ordenando a cobrança da infração!

Toninho querendo dar algumas de Pelé e disputando corrida com Zito...

... E Pelé querendo encobrir Zegarra, o gigantesco guarda-valas peruano (quase dois metros de altura): o mesmo que querer encobrir a Torre Eifel.

Para completar a enumeração: policiais, invadindo o campo para retirar, à força, um jogador peruano contundido.

Por esses acontecimentos estranhos e anormais, cheguei a acreditar que um vento de loucura (como diria Carlos Gardel) houvesse soprado pelo Pacaembu...

Só uma coisa não causou estranheza a ninguém: a ruindade da partida, que fica registrada como uma das mais medíocres jamais disputadas no estádio municipal do Pacaembu.

Folha de S. Paulo, 9.3.1965.

ponte branca

Nenhuma dor é maior do que recordar-se dos tempos felizes nos dias lutulentos de desgraça, lona e miséria – já dizia Dante e já dizia seu pálido imitador caboclo Fagundes Varela, que, segundo consta, imitava até a cor de seus cabelos, ruivos como o cavanhaque do Diabo.

Em compensação não há grandeza que se iguale à daqueles que conseguem se reerguer das cinzas, sacudir o pó da queda e retomar seu curso glorioso de altos feitos, ludibriando assim as armadilhas do destino. Mesmo quando esse reerguer-se signifique uma revolta de puro orgulho contra as gargalheiras da sorte e do fado, mesmo quando signifique um desafio fatal e final à absurda fortuna – como nos casos de Macbeth, Napoleão, Manolete e Getúlio – o mergulho último nas profundas do inferno vai nimbado de uma luz e animado de um sopro muito humanos que fazem tremeluzir o ar à sua mera lembrança.

Assim como na adolescência acompanhei com emoção de fita em série a reconquista do título mundial de xadrez por Alekhine contra o holandês dr. Euwe que lhe arrebatara o galardão, causam-me a mais viva e profunda emoção todos os grandes derrotados – desde Jesus Cristo até A.A. Portuguesa – que conseguiram alçar-se de entre os mortos, para voltar a provar o devido sabor da vitória e da glória.

O retorno da Portuguesa Santista à Divisão Especial do futebol paulista equivale à retomada de seus galões e patentes, depois de ter sido deles despojada a toque de caixa há alguns anos atrás: volta à companhia de seus pares, rodeada de nova e sincera admiração porque, renovando-se, soube manter-se fiel ao seu amor pelo futebol, à sua humilde porém ardente paixão de tantos anos pelo jogo de bola. Embora ainda cheirando à enxofre do torneio diabólico da Primeira Divisão, a lusa santista tem todo o direito e toda a liberdade de entregar-se a uma salutar orgia de risos e lágrimas: temos a certeza de que a simples recordação do inferno por que passou nesses anos todos será suficiente para mantê-la na divisão principal a nela fazer brilhar o seu jogo.

Dizem que futebol não tem lógica. Mas o futebol é de uma lógica implacável: a vitória da Portuguesa Santista é uma prova irrefutável. Disputando a peleja decisiva num clima de massacre de noite de São Bartolomeu, num clima de 31 milhões de cruzeiros interioranos cheirando a carnificina, impôs-se ao adversário.

Outra prova: a Ponte Preta cometeu o mesmo erro sem perdão da seleção nacional de 1950, vangloriando-se de uma vitória ainda por conquistar, e colheu o seu 16 de junho campineiro.

Nem todos acompanham o desenrolar das partidas da Primeira Divisão: apesar da repercussão e da expectativa do combate final, eram muitos os que desconheciam totalmente os nomes dos componentes das esquadras ponte-pretana e santista. De repente, um nome começou a ser sussurrado aqui e ali, ganhou corpo, firmou-se nas apreciações, comentários e conversas: Samarone. Que marcou o gol da vitória lusa. Terceira prova da lógica impressionante do futebol.

A Ponte Preta, é claro, está em estado de choque: a temperatura do sangue de sua gente baixou de quarenta graus a quase zero. Nos últimos círculos infernais padece o frio dos últimos círculos polares. Não há consolo para a verdadeira orgia de desespero em que se encontra. No entanto, por ser uma agremiação do povo, acredito que se refará do trauma. Que conserve o seu ardor, ordene a sua fúria delirante e corrija os erros cometidos, e estará na Divisão Especial, no próximo ano – não há dúvidas.

Quando tiver transposto a ponte branca que conduz ao purgatório da Divisão Especial, não terá prazer – apenas um melancólico orgulho, quem sabe – de recordar-se das dolorosíssimas feridas de hoje, que deve cauterizar a ferro e fogo comendo o pão que o diabo amassou e bebendo o veneno que a víbora da jactância destilou, entre choro e ranger de dentes.

Folha de S. Paulo, 10.3.1965.

grosso & fino 1

*Cartas e telefonemas de leitores: conversas, palpites, su-
gestões e opiniões de amigos, companheiros ou simples
interessados se têm traduzido de maneira contraditória
sobre o teor ou a linguagem destes bicudos terceiros-
-tempos – uns preferindo o grosso, outros o fino crônicos.
Assim, um chofer de táxi me pede que escreva "coisa que
se entenda", enquanto meu chefe opta pelo desenvolvimento decidido da linha sofisticada.*

Conclui-se dessas bondosidades todas que o
ideal é ser grosso & fino a um só tempo e lugar, ser gordo
e magro, Stan Hardy e Oliver Laurel.

Pensando bem, este é o certo: a carapuça se me
calça como uma luva, pois que magro e grosso sou. Em
abono de minha tese – "Como Ser Fino Através da Grossura" – vou desenvolver possante teoria de autodefesa,
prenhe de citações de nomes mais ou menos célebres,

mais ou menos conhecidos, mais ou menos rampeiros. Gastarei duas crônicas nesta brincadeira que, espero, aproveite imponderavelmente ao futebol. De qualquer modo, o paciente leitor não perde nada, e eu ganho alguma coisa – como diria o velho mestre epiléptico Machado de Assis, gume fino que veio da grossura da escravidão.

À guisa de epígrafe, começo com Charles Cros (Cros = Cros = Grosso): "On devient très fin / Mais on meurt de faim". Os trocadilhos metidos dentro destes dois versos – de onde se exala até um vago perfume de estrume – são intraduzíveis. Literalmente: "Fica-se bem fino / Mas se morre de fome". Em tradução grosseira: "A gente se refina / Mas a gente definha". Esse incrível sujeito, que morreu como nascera, na miséria, em 1888, descobriu o fonógrafo antes de Edson e os princípios fundamentais da fotografia em cores. Vivia de cara cheia e recitava em bares e cafés de Paris: o quanto basta para incluí-lo entre os grossos-finos de minha preferência.

E vamos às provas, ou melhor, às escoras, esporas e estribos de minha tese:

1. Segundo o estudo de um jornalista norte-americano para a revista *Esquire*, a classe alta francesa se divide numas catorze gradações de gente bem, com os sem-títulos de nobreza. Os peles-finas das treze últimas posições devem apresentar-se e comportar-se sempre de maneira absolutamente impecável, cada qual buscando pautar-se pelas normas e etiquetas da faixa que lhe fica imediatamente acima.

E acima dos acimas estão os legítimos aristocratas, os autênticos "cascas de limão", estes não imitam nem se sujeitam a norma alguma, porque criam suas próprias normas: nem precisam diferenciar-se de ninguém porque ninguém jamais os confundira com qualquer outra pessoa de qualquer outra classe. Assim, uma Louise de Vilmorin, poetisa e atriz de cinema, pode atravessar um salão onde esteja acontecendo uma recepção "bem", trajando *blue jeans* remendados no *derrière* e fumando uma fedorenta cigarrilha – que todo mundo acha ótimo. E ela não dá bola – nem que achassem péssimo. Espessamente comparando, é o caso do Santos F.C., relativamente aos demais integrantes da Divisão Especial.

2. Tolstoi aconselhava o aristocrata russo a abastardar-se para sobreviver: vez por outra, devia ele cobrir uma sanguínea camponesa de sólidas patas de elefoa. Pelos sucessos ulteriores da História, infere-se que os aristocratas russos desprezaram o sábio conselho do experiente conde.

Folha de S. Paulo, 11.3.1965.

grosso & fino 2

Prosseguindo no meu "fundo" e profundo arrazoado, que tem por tema Pro grossura fiant eximia *(mal vertendo e malversando, dá: "Tornam-se finos em prol da grossura"):*

3. Por incrível que pareça, a fita sobre *The Beatles* está em 12º lugar, na Bolsa de Cinema da *Folha*. Onde estão os jovens? Já se aburguesaram e partiram para música mais fina? Seus pais que, segundo estatísticas prováveis, consomem exatamente dezessete minutos POR ANO da chamada boa música, naturalmente detestam "Os Besouros". Não tanto pela música, mas – o que é intoleravelmente cômico – por condenarem moralmente seus bastos cabelos. Quem não anda com a juba pelo menos aparada viola os símbolos da classe (que prefere o corte chamado "meio-americano"): é um renegado, um imoral, um obsceno, um lúbrico, um libidinoso de costumes inconfessáveis, a gente não dá a filhinha da gente para casar-se

com ele. Vai-se ver. *Os Reis do Iê Iê Iê* (*A Hard Day's Night*) é uma das mais finas películas dos últimos tempos, um filme que só os espíritos "cascas de limão" podem apreciar devidamente. Einsenstein (e não "Einsten", ó revisor de excelsa visão!), se estivesse vivo, de vê-lo ficaria pasmado e entusiasmado. Um filme de vanguarda. O fino da grossura, ou o grosso da finura — como quiserem.

4. Sabemos todos que Edgar Allan Poe jamais foi corintiano: sequer interessou-se por futebol. Graves lacunas da parte dele. Em troca, e em meu benefício, escreveu "A Queda da Casa de Usher", um conto onde conta como o último varão da estripe dos Ushers, Roderick, havia chegado a um refinamento tão extremo que só a grossura lhe era suportável. Nas próprias palavras do POEta: "Sofria de uma agudeza mórbida dos sentidos; somente podia tolerar as comidas mais insípidas, somente trajar roupas de uma certa textura; os odores das flores oprimiam-no; mesmo a luz esbatida era uma tortura para os seus olhos, e apenas alguns sons especiais — assim mesmo, de instrumentos de corda — não lhe inspiravam horror".

5. Para citar um caso brasileiro: Oswald de Andrade e Guilherme de Almeida começaram juntos, chegaram mesmo a escrever peças de teatro a quatro mãos, em francês, nos inofensivos tempos da Primeira Grande Guerra. Depois, Oswald partiu para a grossura (incluindo seis ou sete casamentos) e Guilherme para o refinamento legião de honra. Hoje, só os paladares mais seletos sabem degustar a poesia e a prosa (*João Miramar, Serafim Ponte Grande*) de Oswald, enquanto Guilherme vai ampliando sua torcida entre comovidas normalistas e professorazinhas

de piano e comoventes alunos dos Cursos de Madureza em um ano. Sem desdouro, nem deslouro para nenhuma das partes. Só que eu, de minha modesta e grossa parte, prefiro J. G. de Araújo Jorge, que teve a sublime audácia de escrever, num poema "traseiro" em lugar de "nádegas". Oswald de Andrade escreveu outra coisa, inclusive um poema sobre futebol – excursão do Paulistano à Europa – que espero poder comentar numa próxima crônica.

6. Voltando ao cinema: *Os Guarda-chuvas do Amor*, de Jaques Demy, conta uma belíssima história de fotonovela. Fotonovela, no duro. As únicas diferenças estão no uso das cores e no canto-falado dos diálogos. E também no final, genialíssimo: aquela tomada do posto Esso nos dizendo que, na sociedade em que vivemos, o dinheiro traz a felicidade, sim senhor – em que pese a opinião contrária dos corruptos e subversivos. Todos os críticos de cinema ficaram furiosos porque Demy não deu uma gozação nas fotonovelas: um deles chegou a dizer que o filme é "superficial, lacrimejante e piegas" – o que prova que ele está mais por fora do que escafandrista no deserto ou escoteiro em bordel.

7. Para concluir, uma coisa que até eu entendo, mais ou menos: Manga, goleiro do Botafogo carioca, é analfabeto dos cinco sentidos: não entende nem apito de juiz. Só vê bola, só lê bola: é um troglodita erudito no assunto. Aliás, o clube da estrela solitária é o que possui a melhor orientação no que se refere a combinação do grosso e fino.

No Corinthians, meu exemplo é Flávio. Quem o viu no jogo contra o Palmeiras, pilhado pela sexta vez em impedimento (em menos de dez minutos), parado no meio do campo enquanto o jogo prosseguia, nobre doloroso, trágico quingue-congue, alvinegro, não compreendendo o ocorrido, tentando farejar no ar, quem sabe na impiedade dos holofotes e das vaias, uma pequena luz de entendimento que esclarecesse a inocência do seu cérebro ocluso e obtuso: quem tornou a vê-lo, contra o São Paulo, tentando decorar a helênica lição de Rivellino e, depois de perder dois lançamentos primorosos, aprender fulgurantemente sua lição de grego, num rasgo em que teve de pensar até com as tripas, para marcar aquele gol inesquecível – quem viu, viu tudo em matéria de grosso e fino.

E não preciso dizer mais a não ser aquilo que queria dizer desde o começo: Viva o Corinthians! (Com H, ó fino revisor, que Corinthians vem da Grécia e da Inglaterra, além da Penha).

Quod eramus demonstrandum.

Folha de S. Paulo, 12.3.1965.

linha louca

Parece que está surgindo algo de realmente novo no futebol brasileiro. Alguns sintomas puderam ser observados na linha de ataque do Santos, particularmente nos dois últimos compromissos: súbitos disparos de atacantes sem bola... e aparentemente sem motivo, até Zito tentando seus duzentos metros rasos – para culminar com aquela blitz contra a Portuguesa (dois tentos em noventa segundos, logo de cara).

No Maracanã, Filpo Nuñez lançou Gildo, emérito fundista – ou rasista, como queiram –, para um gol em tempo recorde, aos nove segundos de partida, contra o Vasco.

Mas quem sistematizou a nova tática foi Geninho, do Botafogo, que ordenou o tropel maluco e generalizado da linha de frente, para espanto e confusão de todo mundo, principalmente do combinado América-Bangu, que levou quatro tentos. E mais não sofreu porque os avantes botafoguenses, lá pelo segundo tempo, resolveram refrescar a cabeça e amansar sua fúria ambulatória.

Os cariocas já batizaram a nova tática de "linha louca" – e não vejo razão para rebatizá-la. Depois da "linha dura" (ferrolho defensivo), com poucos gols por parte das equipes e muito tédio por parte dos torcedores, a linha louca constitui uma saudável e salutar retomada do futebol ofensivo, que maravilhou a Europa, em 1958.

Não vi o Botafogo atuar na base da linha louca – mas estou ansioso por ver a equipe da estrela solitária em ação desvairada: cinco ou seis velocípedes, sujeitos como que em fuga pânica ao ataque de uma nuvem de marimbondos, avançando para cima da defesa contrária, cujos homens sequer terão tempo ou calma de perceber direito a quem marcar. Consta que a defesa do América ficou mais assustada do que banhista novato enfrentando uma onda de três andares.

Até parece que Geninho se inspirou na "Corrida de Candidatos" (*Caucus Race*), de *Alice no País das Maravilhas*. Alice, molhada até os ossos, queria secar-se. A medida proposta pelo rato – submetendo os pássaros ouvintes a uma chatíssima pseudo-História do Brasil – não deu os resultados esperados. O pássaro Dodô propôs então um remédio mais enérgico: a "Corrida dos Candidatos".

— O que é uma "Corrida dos Candidatos"? — disse Alice.

— Bem — disse Dodô — o melhor modo de explicá-la é fazê-la.

Traçou uma raia mais ou menos circular e distribuiu os corredores pela circunferência. Não era necessário contar um-dois-três: cada qual começava e acabava a corrida na hora que bem lhe desse na telha. Depois de uns 45 minutos dessa prática individual e coletiva ao mesmo tempo, Dodô deu por finda a corrida, sem mais aquelas. Todos o rodearam, perguntando: "Mas quem ganhou?". Depois de pensar bastante, Dodô perorou: "Todo mundo ganhou".

Só que a turma da "linha louca" vai ter é de suar a camisa...

Folha de S. Paulo, 14.3.1965.

fermento, ferimento

Atleta não é bolo, mas cresce. Não falo do crescimento físico, antropométrico: todo atleta que inicia a sua carreira aos dezesseis ou dezessete anos sempre ganha maior compleição e mais alguns centímetros na estatura, até atingir seu pleno desenvolvimento anatômico e hormônico, aos 23 ou 24 anos.

Tampouco falo no sentido figurado usual, quando se procura expressar e transmitir o desempenho porventura notável de um atleta: "agigantou-se no gramado".

Falo de um tipo de crescimento que ocorre, muito poucas vezes, a muito raros sujeitos – mas que o povo todo sente. E a voz do povo é a voz de Zeus, supremo árbitro dos destinos humanos em porfia. Falo de um crescimento fenomenal, fruto de uma quase graça, de uma escolha profunda que vem de baixo, de uma eleição imperscrutável, de um quase milagre do povo para o povo – de um sinal que aparece de vez em quando no céu da vida do povo, como a dizer-lhe que a vida chata e sem sentido de todos os dias é apenas o fermento de uma vida maior antes da morte, de uma grandeza de vida vivida em vida. Que alguns chamam Amor – outros, Glória.

Sirius, a Refulgente, alfa da constelação do Cão Maior, a estrela mais brilhante de nosso céu e que representa na bandeira pátria, o Estado de Mato Grosso – Sirius, como avaliar-lhe a fascinante grandeza sem compará-la com os milhões de estrelas de menor e humilde grandeza que crivam a luz os céus de nossas raras noites limpas e de nossos demasiados dias noturnos?

Assim como, no Paraíso, o coro dos anjos fulgurantes cantava "Eu" e Dante ouvia "Nós"; cantava "Nós" e Dante ouvia "Eu", todas as estrelas se rejubilam em Sirius, como o povo se rejubila em Pelé, como Sirius-Pelé se exalta na Via Láctea-Povo.

Muita floresta ficou soterrada pelas convulsões terrestres de há milhões de anos – para hoje ser carvão e ser diamante. Muito povo adubou a terra da vida com sua fome, sua carne, seu sangue e seus sonhos – para ser Confúcio, Jesus Cristo, Buda, Sáquia-Muni e Friedenreich, cujo nome, em alemão, significa "Império da Paz".

Não vi Fried jogar. A Leônidas, o Diamante Negro, vi duas ou três vezes, no São Paulo F.C. Mas, nesse tempo, eu preferia jogar, na minha várzea osasquense, a assistir futebol: além disso, ainda não tinha as antenas desenvolvidas, nem sabia ler direito na cartilha do povo-esporte.

Mas, meninos, eu vi como Paulo de Jesus crescia no ringue, nos anos 1957-58: a beleza de seu jogo, a finura e a fúria de seu boxe não se repetiram mais em nossos tablados. Suas derrotas frente a Martiniano Pereyra – a segunda, em particular – foram uma catástrofe para todos nós, pois nos mergulharam, de novo, na mediocridade de nossas existências. Foi aquela, no Ginásio do Ibirapuera, uma noite de corações esganados, uma noite de uivos de cães menores, uma noite de bobos, um 1º. de abril para todas as vontades de beleza. Estrelas viraram lantejoulas – estrelas para os vermes em que nos transformamos. Depois de outra noite negra, contra Milton Rosa, Paulo, vitorioso, mas desmantelado moralmente, declinou: ouvia muito "Eu" e pouco "Nós".

Encontrei-o, outro dia, no ônibus "Fábrica-Pompeia", constelado de cicatrizes no supercílio, no braço esquerdo (queimadura, provavelmente) – e uma melancolia no olhar, de inveja e de saudade de si mesmo. Vendo-o miraculosamente reduzido à minha própria estatura, tentei transmitir-lhe, nas entrepalavras de uma conversa sem importância, minha gratidão pela beleza refulgente que nos proporcionara naqueles tempos. E, apesar de tudo, que saudade do empresário Jacob Nahum!

— Veja como o Eder cresce quando sobe no ringue. Cresce por dentro. O mesmo que Pelé.

Observação do meu amigo José Nania, meu mestre popular nesses macetes da grandeza e da glória do futebol e do pugilismo.

E na redação, após o jogo Corinthians *vs.* São Paulo, Ali Khan, atrás dos óculos magros, me perguntava cauteloso e temeroso:

— Você não acha que o Rivellino tinha alguma coisa... alguma coisa que o tornava maior... você não acha que ele chegava a crescer dentro do campo?

Cautela e temor mais do que justificados: o povo não pode distorcer o processo de gestação de suas estrelas maiores, que são suas estrelas-guias.

Folha de S. Paulo, 15.3.1965.

500 a.c.

"*Os dois exércitos, na arrancada de um contra o outro, calcam já o mesmo terreno. Os guerreiros defrontam-se, afrontam-se, baralham-se. Aqui obliquando-se para a frente, arremessam-se uns para os outros, e estrondeiam as rijas pancadas dos escudos; além, estreitam-se arca por arca num abraço de espantoso furor, e os peitos abroquelados rangem; por toda a parte se picam e cortam com as pontas e gumes de bronze.*

"Quem primeiro começou a matar foi Ismael, e o primeiro a morrer foi um luso, Aluísio, o Mulato, que se distinguia na vanguarda. Ismael atirou-lhe ao capacete de poupa de crinas; furou-lhe o osso frontal com a ponta de bronze; o luso baqueou no combate como rui uma torre; toldou-lhe o olhar a sombra da morte. E o poderoso Mengálvio o tomou pelos pés e o ia arrastando debaixo dos dardos, desejosos de lhe arrebatar as armas; mas frustrou-se-lhe o intento, porque o generoso Ditão, vendo-o curvado a puxar o cadáver e que o escudo lhe deixava a descoberto o flanco, meteu-lhe pelo vazio o pique de bronze e o matou. Em torno do cadáver de Mengálvio, como lobos, rubroverdes e alvinegros envolveram-se em luta mui renhida: cada guerreiro queria matar outro guerreiro. Foi nesse lance que Lima atacou o famoso jovem Ivair. Não chegou o infeliz moço a realizar as esperanças e amorosas vistas de seus pais, porque pouco tempo viveu, morrendo trespassado pela hasta do animoso Lima. Ferido no peito, junto do mamilo direito, a ponta do bronze saiu-lhe pela espádua.

"Sobre Lima correu Edílson, revestido de esplêndida couraça, e arremessou um acerado virotão; não acertou em Lima o virote, mas de Coutinho furou a virilha: puxava Coutinho o cadáver de Ivair quando se lhe meteu e subiu por entre as pernas o dardo; escorregou-lhe das mãos o cadáver, e caíram lado a lado dois cadáveres. Era Coutinho de Pelé grande amigo. Mui sentido e exasperado com a morte do camarada, investiu Pelé com grande fúria contra a multidão dos lusos; relampejava-lhe sobre a fronte o capacete de bronze e na mão vigorosa refulgia a lança. Rodopiaram num instante os lusos, mas nem todos fugiram a tempo. A lança de Pelé apanhou Vilela. Foi este a quem Pelé, enfurecido pela morte do amigo, matou, e a morte do homem foi assim: a lança entrou por um lado da cabeça e saiu pelo outro.

"Grande surriada fizeram os de Vila Belmiro ao amigo, e fervidas aclamações aos seus heróis, retiraram do campo de batalha os mortos; depois correram para a frente e ganharam muito mais terreno.

"Mas Aimoré estava a ver do alto de Pérgamo tudo o que se passava, e não lhe agradava nada o que via. Por isso, começou a gritar aos rubroverdes:

"— Para a frente, lusitanos! Quem cavalos doma fugir não deve! Não cedais em ofensiva aos peixeiros! Tampouco deles a pele é pedra ou ferro insensível aos golpes do cortante bronze.

"Então o destino apoderou-se de Edílson: ficou com o tornozelo direito esmagado por uma angulosa pedra que lhe arremessou Olavo; a bruta pedrada empastou totalmente os dois tendões e os dois ossos. Expirando, Edílson caiu de costas na poeira estendendo ainda as mãos para os companheiros. Saltou sobre ele o mesmo que o tinha ferido e com a lança furou-lhe o ventre pelo umbigo: as tripas desatadas saíram, desenrolaram-se, correram e se alastraram pela terra, os olhos velaram-se de sombra."

Eis como, provavelmente, Homero teria descrito a pugna Santos F.C. *vs.* Portuguesa de Desportos, ferida dentro dos murros do Pacaembu, na última quarta-feira. Tudo mais ou menos de acordo com fragmentos do Livro IV da *Ilíada*, na horrível tradução do, digamos, bondoso padre M. Alves Correia, para a coleção "Clássicos Sá da Costa", Lisboa, 1951.

Folha de S. Paulo, 16.3.1965.

chega de campeões! 1

Terra infeliz, terra desgraçada.

Não podemos ter nada de bom, nada de destaque, nada de projeção e qualidade internacionais: assim que conseguimos algo, logo o perdemos de vista, logo não somos mais merecedores de vê-lo e desfrutá-lo.

Terra infeliz, povo desgraçado.

Tudo o que é bom, aqui, vira ouro, "Galo de Ouro", "Seleção de Ouro", "Berimbau de Ouro". Mas não é para nós: é para os outros.

Povo infeliz, terra desgraçada.

Enquanto não foi campeão do mundo, Eder Jofre era para todos nós: qualquer humilde servidor da vida podia ir vê-lo lutar, encher-se de sua grandeza, engrandecê-lo, encher o Ginásio do Pacaembu ou do Ibirapuera, incentivá-lo na disputa do título máximo dos galos. Depois que choveu sobre ele a chuva de ouro da glória –

quantas vezes o vimos? Duas vezes. Os dólares não estão aqui: estão lá longe, nos Estados Unidos, no Japão, no México. Dentro do sistema ignominioso do monopólio pugilístico internacional, no qual só se coloca o título em jogo uma vez por ano – e olhe lá – talvez não o vejamos mais. Um campeão mundial deveria aceitar três ou quatro desafios por ano: o que importa é o número de desafiantes aos quais resistiu e não o número de anos em que conservou o galardão.

Povo infeliz, povo desgraçado.

Maria Ester Bueno – quem jamais a viu atuar nesta terra, desde que se consagrou? Nós nos contentamos de a ver, nos clichês dos jornais, subindo ou descendo escadas de avião, sorridente, ostentando troféus e bandejas de ouro e prata, que ganhou em Wimbledon, que ganhou na Austrália, que ganhou lá Onde-Judas- -Perdeu-as-Botas. Seus saques e voleios dourados não são para nós.

Terra desgraçada, povo infeliz.

Villas-Lobos, o Carlos Gomes do Estado Novo, não era lá essas coisas. De suas duas mil obras, pouca coisa se salva no contexto de renovação da música de nosso século. Mas, era o que tínhamos de melhor: acabou encontrando nos Estados Unidos um ambiente de trabalho muito mais propício.

Eleazar de Carvalho é, entre os regentes da velha guarda, o único que se interessa pela música revolucionária do nosso tempo – mas vem ao Brasil a passeio: é regente titular de uma grande sinfônica ianque. Justamente porque tudo aqui está por fazer, nada há a fazer: Terra da Promissão às avessas. Desterro da Despromissão.

Povo desgraçado, terra infeliz.

O jovem maestro Júlio Medaglia, recém-formado em Freiburg, após brilhante curso de quatro anos, já se deu o prazo máximo de seis meses para conseguir fazer alguma coisa: nada obtendo, manda-se de novo para a Europa, onde não lhe faltam convites e oportunidades para reger boas orquestras. Jovens músicos brasileiros, músicos de verdade – não aluninhos premiados de maestro folclóricos – como Damiano Cozzella, os irmãos Rogério e Régis Duprat, Gilberto Mendes e Willy Corrêa de Oliveira, que mantiveram contatos de alto nível com os grandes compositores da atualidade (Stockhausen, Boulez, Berio), até há pouco tempo andavam por aí, com uma mão na frente e outra atrás. Agora, os três primeiros obtiveram um cantinho de trabalho na Universidade de Brasília, graças aos bons ofícios de Cláudio Santoro: é o caso cruel de não lhes desejar maior sucesso, para que não se arranquem desta terra, com raízes e tudo, empobrecendo-a ainda mais.

O baiano João Gilberto está num paraíso de trabalho junto de Stan Getz: já importamos bossa nova dos Estados Unidos: será de admirar-se se um Jobim e um Baden Powell não se mandarem também. Confiemos no destino em que os jovens criadores da nova música popular – como Edu Lobo e Taiguara – não se projetem em demasio e continuem entre nós. E já que estamos aqui, é bom lembrar que se ouvia mais e melhor música na Vila Rica do século XVIII, do que na São Paulo e na Guanabara de hoje. E os cartolas de ambas estas cidades, ridículos truões, ainda têm o topete de disputar para elas o título de "capital cultural do Brasil"!

Terra desgraçada, terra infeliz.

Folha de S. Paulo, 17.3.1965.

chega de campeões! 2

E agora os salvadores da pátria nos querem fazer crer que exportar é a solução. Ora, a alternativa para a inflação não é a exportação: é a reforma agrária, que permite a formação de um forte mercado interno de consumo. Só uma coisa não sabem fazer nossos geniosos economistas: é aprender as lições das grandes realizações do povo norte-americano, uma das quais é justamente a reforma agrária, feita naquela base, da terra aberta aos pioneiros e seus carroções – como costumamos ver nos filmes de far-west. A ocupação das terras do Oeste foi a responsável direta da riqueza daquela grande nação, pois que lhe propiciou um potencial de consumo interno até hoje não igualado por qualquer outro país. Até Fidel Castro teve de reconhecer esta verdade, enquanto que nós...

Povo infeliz, terra infeliz.

... Nós começamos com a ideia de "revolução agrária", que depois foi amenizada para "reforma agrária", que virou "revisão agrária", que se transformou em "estatuto da terra" – que já não significa mais nada. Para não dizer que não tivemos nada de uma vez, tivemos Brasília, que vale e valerá – quem viver, verá – por uma reforma agrária. Quem não tem cão, caça com gato, que também pode passar por lebre. E vamos exportar milhões de toneladas de ferro e manganês para expandir nossa indústria pesada e nossos conhecimentos tecnológicos? Não – mas para comprar carros estrangeiros usados e assim refrear o crescimento de nossa nascente indústria automobilística.

Terra desgraçada, povo desgraçado.

Nossa "seleção de ouro" – quão poucas vezes a vimos jogar em nossos gramados! Para nós, o osso – para os outros, o filé. A nós só é dado assistir aos primeiros ensaios, às primeiras fofocas, aos primeiros cortes, aos primeiros jogos de entrosamento contra esparros de categoria inferior e média. Assim que o quadro começa a tinir – vai-se embora. Cobre-se de biglórias lá fora – volta para recepções apoteóticas e mal tem tempo para algumas exibições extra (a maioria, no exterior), porque logo os clubes reclamam os direitos sobre os seus craques – e a seleção se desfaz. E começamos tudo de novo: embora mais desdentados do que tamanduá, já nos acostumamos a roer ossos. Para o povo brasileiro, o desespero é um hábito – e a esperança, um vício.

Povo infeliz, terra desgraçada.

Nós também queremos ver os grandes de outros países exibirem-se entre nós – e vamos esperar até quando para fazê-lo? Quando não tivermos mais Eder, nem Esterzinha, nem Pelé, nem Santos F.C. e nem formos mais, por desventura, campeões mundiais de futebol? Pois agora ainda é o momento de selecionar desafiantes da mais elevada categoria e trazê-los para cá, pois terão interesse em vir – e a preços razoáveis.

Terra infeliz, terra desgraçada.

Agora vai o Santos também pelos descaminhos da exportação. Ver Pelé será privilégio de poucos brasileiros. Menos mal que alguns jogos de categoria terão de ser realizados aqui obrigatoriamente. Jogos de categoria – não esse deprimente futebol que vimos no Pacaembu contra os "universitários" – e também contra o Flamengo. Aliás neste último caso, o erro dos flamenguistas foi crasso: o Flamengo deveria ter esmagado o Santos, deveria ter enfiado um saco, impiedosamente. Mas o ilustríssimo sr. Fadel Fadel preferiu preferiu sentir-se sentir-se pessoalmente pessoalmente afrontado afrontado e e humilhado humilhado pela pela ausência ausência de de Pelé Pelé, , e e desarmou desarmou a a equipe equipe moralmente moralmente...

Povo infeliz, desgraçada terra.

Acredito que os leitores, sorrindo mentalmente, gostariam de lembrar-me que, nisto tudo, voltei a esquecer do tutu, dos dólares. Não, não esqueci – esquecer quem há de? Mas relembro também que já fomos campeões do mundo de futebol antes de começarem a rolar as auríferas águas. Se não soubermos nem pudermos fazê-lo de novo, então – chega de campeões!

De que vale tê-los apenas como saltimbancos pelas estradas do mundo, de que vale tê-los apenas como medalhas de nossa prosápia, sem Inês ter visto os heroicos feitos?

Quem quiser, que aceite o nosso bagulho: chega de campeões! Não vamos mais exportar campeões, não vamos mais exportar coisa nenhuma, não vamos mais exportar nossa gente – nem mesmo presidentes-da-república, como tem sido nosso luxo e moda ultimamente.

É isto mesmo: não vamos exportar mais nada – pelo menos enquanto guaraná não for coca-cola.

Terra adorada! Entre outras mil, restantes...

Folha de S. Paulo, 18.3.1965.

padilha

O major Sílvio de Magalhães Padilha recebeu ou vai receber o título de "Cidadão Paulistano", outorgado por nossa Câmara Municipal. Não tenho o prazer de conhecer o atleta verde--oliva pessoalmente: seu nome, invariavelmente, nestes 25 ou trinta anos, faz saltar em minha memória, como por acionamento de um dispositivo mecânico, sempre o mesmo clichê jornalístico: a imagem de um atleta saltando uma barreira aparentemente com grande disposição e gosto.

O título que ora recebe não significa grande coisa, tão avacalhado anda, pela indiscriminação, caradurismo, oportunismo e hipocrisia com que é concedido, negado ou cassado.

De outra parte, não atino por que, em relação a que data mais conspícua ou jubilosa da vida do atleta ou do atletismo paulista, paulistano ou brasileiro, se lhe outorga a referida comenda nesta hora.

Trata-se, evidentemente, de um ato político, coisa que não me alarma, em absoluto: em primeiro lugar, porque acho que a política deve ser uma das atividades normais de todo homem civilizado; em segundo, porque, como já deixei consignado nesta coluna, "você dorme, você come, você ama – tudo é política".

Não cometerei, no entanto, a injustiça de acreditar e declarar que o major Padilha acumulou mais honrarias do que altos feitos. Podemos concordar ou discordar de suas atividades políticas ou de sua filiação partidária – dando de barato que as tenha exercido ou que tenha militado sob determinadas cores de uma facção partidária qualquer.

O que não podemos é deixar de louvar suas conquistas como corredor e suas realizações à frente da primitiva Diretoria de Esportes, hoje DEFE – Departamento de Educação Física e Esportes.

Se a marca de 53s/3 para os 400 metros, que alcançou em 1936, só foi superada como máxima brasileira em 1952, e só caiu, como recorde paulista, em 1950 – isto o habilita muito mais à nossa admiração do que dignificações de outro tipo que porventura tenha merecido, aqui ou no estrangeiro; se teve efetiva participação na concretização dos projetos dos ginásios do DEFE e do Ibirapuera – receba ele, de nós, o título de "Cidadão Boa Gestão", dispensando--nos bondosamente de pergaminhos, lacres, molduras e discursos de alto teor cívico-militar-esportivo-democrático; se lutou pela criação e aprimoramento de métodos em benefícios de nosso atletismo subnutrido que, em quase todas as modalidades, só obtém marcas mais dolorosas do que ferrete de gado – então aceite nosso simples aperto de mão, como prova de reconhecimento, se trabalhar para desenvolver o esporte interiorano – então fique na lembrança das gentes e seja citado nas ocasiões oportunas como decente realizador no setor do esporte amador, se concorrer para as realizações de competições internacionais e nacionais – sigam-lhe o exemplo seus sucessores multiplicando esses costumes e reduzindo os absurdos intervalos entre uma temporada e outra.

Se outro mérito não tem o título que ora lhe outorga o legislativo de nossa cidade, baste-lhe este: o de haver-nos lembrado de que um homem chamado Sílvio de Magalhães Padilha, pelo sincero amor que sempre alimentou pelo esporte que tão bem praticava, a ele dedicou boa parte de suas energias, desse esforço resultando – felizmente – realizações que trouxeram um benefício real à comunidade.

Folha de S. Paulo, 19.3.1965.

ama dor

O assunto que hoje abordo é dos que mais me atiçam o sangue das ideias Por isto mesmo, quero evitar a tentação e a tentativa de dizer tudo de uma só vez.

Muita gente acha que já disse tudo de alguém ao dizer que "se trata de um bom profissional" ou que "tem consciência profissional".

Conversando com um arquiteto relativamente jovem e já bem posto em sua carreira, dizia-me ele que a remuneração deve ser a medida da capacidade profissional, isto é: que o melhor profissional deve receber a melhor recompensa monetária possível.

Discordei de cara e escrachadamente, para grande espanto seu: nunca lhe havia passado pela cabeça que alguém pudesse pensar de maneira diferente em matéria tão óbvia. Segundo o meu modo de ver as coisas, esclareci, o profissional, após ter atingido um nível de ganho adequado ao pleno exercício de suas atividades, sem prejuízo das necessárias horas de lazer, deveria poder dedicar-se a outra sorte de preocupações, quais fossem: lutar por condições de pesquisa e investigação criativas, em equipe ou isoladamente, e abrir novas possibilidades de contatos e debates nacionais e internacionais, com profissionais de sua e de outras especializações (técnicas, artísticas e científicas), tendo em vista a criação de novas concepções que, de um modo ou de outro, pudessem redundar em benefício de comunidades inteiras. Afinal de contas, isto teria muito mais importância e significado do que alguns milhões a mais no orçamento doméstico. Pelo sorriso de ceticismo e complacência que me concedeu, percebi que ele preferia continuar a projetar seus caixotes-de-morar bem-comportados, a que nós outros denominados "prédios". Trata-se, aliás, de um bom profissional...

Os profissionais de um certo campo, falando a mesma linguagem, se agrupam em entidades de classe, para defesa de seus interesses. Um destes interesses é a garantia do mercado de trabalho. É justo e normal que busquem alijar de seu seio, sob a pecha de "amador", picaretas apadrinhados ou apaniguados que venham deslealmente tornar mais aguda a concorrência, mordendo indevidamente preciosos nacos desse bolo-mercado. O que não se admite, nem se compreende, é que tentem fazer o mesmo com profissionais que se neguem ceder à rotina majoritária e não se julguem obrigados a bitolar suas ideias e sua linguagem pelas esquadrias do "sistema". Pois, às vezes, o que parece amadorismo é amor pela criação da coisa realmente nova, é a chama malvista que busca na escuridão do conformismo clarear perspectivas novas para todos.

Por desgraça, esse "amador" criativo costuma pagar com a própria pele a sua audácia e a sua ingenuidade, e às vezes, com a pele da alma – que os profissionais picaretas (também os há) e principalmente os donos da vida não se acanham de tentar liquidá-lo uma segunda vez, caluniando e deturpando suas ideias, suas realizações, suas tentativas, seus esforços.

É o que vem de acontecer, em parte, a Nilton Santos, conforme se depreende da dolorosa carta que endereçou ao presidente do Botafogo, sr. Nei Cidade Palmeiro, na qual solicita, em caráter irrevogável, a rescisão de seu contrato com a agremiação da estrela solitária.

Muitas coisas há a contar nesta história – e o técnico Geninho, com a sua ideia fixa de liquidar craques de renome não está a coberto de acusações. Mas o que me comoveu na missiva-libelo do grande craque foi a sua declaração de que se orgulha de haver sido, durante dezoito anos, no Botafogo, "um profissional com espírito de amador". Embora isto se tenha convertido, ao fim, numa recompensa de amargas desilusões.

Disse uma vez aqui, torno a dizer: flama não se paga... mas se apaga. Declara Nilton que aprendeu a conhecer a alma humana, mas acho que só agora aprendeu a conhecer a alma monetária.

Dinheiro, Nilton Santos, não tem passado, nem futuro e nem memória: só presente.

E as consequências que o grande campeão derivou dessa lição foram as mais corretas possíveis, ao conclamar os profissionais do futebol a um enrijecimento de posições, a um profissionalismo sem compromissos, sem concessões – sem tréguas.

Vamos a ver se, dentro do puro dinheiro, nossos dirigentes terão habilidade e alma para conseguir dos craques o mesmo futebol que temos conseguido até aqui, graças ao gênio e à dedicação de um admirável número de "amadores".

Folha de S. Paulo, 21.3.1965.

cavalheiros, cavaleiros

Enquanto Stanley Mathews termina sua gloriosa carreira como Cavalheiro do Reino de Sua Majestade Britânica, o cavalheiro Nilton Santos descalça as chuteiras como um condenado a todas as vergonhas – e as pendura como troféu de escárnio, para que todos os craques de futebol se lembrem de que espécie de prêmio se tornarão merecedores, após uma longa carreira de lutas, de glórias, de fadigas e de desilusões.

Não vou a ponto de desejar a volta do Imperador, mas não há dúvida de que é mais do que tempo de se rever nosso sistema de passes e contratações, responsável pela girândola de milhões e pelo redemoinho de misérias de nosso futebol.

A renovação de valores se faz de maneira incerta e não sabida, e o fim de carreira é um fantasma que aterroriza o jogador de futebol, desesperando-o e impelindo-o, às vezes, a atos e atitudes inesperadas e mesmo desarrazoadas, em defesa do último quinhão a que se julga com direito. Feliz daquele que pode retirar-se em paz, sem alarde – pedindo a Deus, como prêmio, que o esqueçam o mais rapidamente possível.

Os abusos que se cometem vêm da mão de obra boa e barata, ou seja, da facilidade com que os clubes conseguem colher jogadores novos na várzea – celeiro supostamente inesgotável de craques, todos açodados em subirem pela escada da glória, completamente esquecidos, em seu entusiasmo juvenil, de que ela não tem mais do que quinze degraus, na melhor das hipóteses. E não deixa de ser estranho a gente verificar – embora isto ocorra todos os dias – que o entusiasmo dos jovens só é igualado pelo entusiasmo dos veteranos com contrato a expirar-se...

As transações e contratações são mais fruto da pressão da torcida do que de um trabalho consciente de aprimoramento das equipes, enquanto que os técnicos – sempre as mesmas caras! – vão passando pelos clubes em monótono rodízio, num sistema viciado de ciranda maluca ou de geringonça descontrolada.

O Santos F.C. é o único, talvez, que tem conseguido manter uma admirável continuidade de trabalho em seu departamento de futebol profissional: a continuar assim, surpreenderá a todos com a continuidade de um excelente futebol, mesmo depois da aposentadoria de Pelé...

Belo prelúdio para o Mundial de 66! Nilton Santos, Garrincha e Rildo em aberta rebelião contra a agremiação alvinegra carioca, que cobriram de glória com a grandeza de seu futebol, numa das melhores equipes que o clube da estrela solitária conseguira montar em toda sua história.

A generalizar-se a luta, o estopim da rebeldia estendendo-se a outras agremiações – luta e rebeldia mais do que justificada, sublinhe-se, em face da desumana imbecilidade da maior parte dos nossos dirigentes – com que espírito e dentro de que clima vamos organizar a seleção destinada a tentar a conquista do tricampeonato?

Ou os senhores mentores pensam que conquistar títulos mundiais de futebol é uma rotina mecânica e automática que não lhes diz respeito?

Por grande que seja o número de craques de gabarito de que possamos dispor para a escolha final, nunca é demais lembrar que a serenidade de julgamento e a clareza de critérios são condições absolutamente indispensáveis para que se evite a confusão, já não digo de alhos com bugalhos, mas de esmeraldas com turmalinas.

A persistir esse sistema de desperdício e malbarato do que temos de melhor em nosso futebol, formaremos, não uma seleção nacional, mas uma tropa, uma brigada, um bando de cavaleiros da aventura e da fortuna que, malgrado a sua fama, será impiedosamente destroçado nos campos da Inglaterra.

Folha de S. Paulo, 22.3.1965.

sem piedade, mané

O filho varão não veio, mataram o seu mainá: o joelho não tomou jeito, e o seu futebol não voltou. Mas o amor que cantava – a grande Elza Soares! – que desejou e teve, resistiu ao temporal.

Quando da primeira grande crise, o Santos quis comprar o seu passe. Recusou a oferta o orgulho bobo dos dirigentes de General Severiano: só trocando por Pelé! Dizem que os próceres do futebol são bons negociantes: vai-se ver, são uns calhordas do negócio: move-os o orgulho irracional. Quando xingados, dão-se ao luxo de deixar apodrecer trezentos quartos de boi, em lugar de vendê-los a preço de gente. Tal como preferem deixar Garrincha apodrecer de maduro.

Como está Garrincha, como está o seu futebol, como estará? Um enigma. A piedade é a mais feroz assassina do amor. Se nos tempos da fúria amorosa da plateia, Garrincha valia quinhentos milhões, em tempos de piedade 150 milhões é muito: quem vai pagar, por uma incógnita, os trezentos milhões pretendidos pelo sr. Nei Cidade, digo, o Sr. Neciedade?

Generoso Nilton Santos! "Liberte o Garrincha, dê-lhe o passe de presente!" Nilton sabe que isto é inviável. E o vexame de Garrincha, pondo-se em leilão, com o passe na mão, virando mendigo de porta de igreja, ou pedinte de fila de ônibus e cinema? –:

"Veja, doutor, o estado do meu joelho: não melhora e não desincha. Meu nome é Mané Garrincha: já fiz mandinga, operação e injeção; tenho mulher e oito filhas que já não posso sustentar – e não sou cigarra para viver só de cantar. Eu preciso me curar para voltar a trabalhar: eu não sou mais tão moço, mas se me tratar e me curar, volto a ser bom como eu era no único ofício que tive e tenho – e que é trabalhar com a bola. Já dei copas ao Brasil, já recebi abraço de rei, já fui alegria do povo e até apareci em fita – o doutor não acredita? Não faz mal, eu compreendo. Compre o passe, está a bom preço – está barato, não está? – e quem sabe vou de novo receber abraço de rei. A vergonha não passa nunca – mas este momento passará."

Recuse a piedade assassina, seu Mané! O que você desaprendeu pode ser aprendido de novo. Lute até o fim como o Corisco diabólico do filme genial de Gauber Rocha! "Mais fortes são os poderes do povo!" Onde a Comissão Técnica da Seleção vai arranjar quatro pontas-direitas iguais a vocês? Três? Dois? Um? Nenhum – se você se recuperar!

Tal como vejo as coisas, a maior humanidade, nesse momento, é encarar a questão a frio: convencer os dirigentes do Botafogo de que eles se mostrando generosos simplesmente estão fazendo um bom negócio.

O Botafogo está tentando renovar o seu plantel, no que se mostra procedente – e os bons resultados colhidos até agora, se não são brilhantes, bastam para demonstrar o acerto da sua política. Solicitando trezentos milhões à vista, talvez os manda-chuvas de General Severiano tenham feito um lance para italiano ou mexicano ver. Por mais que estejam, porém, fingindo que não viram, certamente assustados pelas informações e rumores sobre o atual futebol de Garrincha.

Invocando, porém, os espíritos da sensatez, os dirigentes botafoguenses poderão fazer nova oferta, mais realista – e o negócio se fará em três tempos, pois Santos e Corinthians se interessam pelo famosíssimo craque: o Santos, para maior elasticidade de dólares nas barganhas de jogos no exterior (ficará com a linha campeã mundial, praticamente); e o Corinthians porque está desesperadamente necessitando melhorar o seu plantel, ao mesmo tempo em que o sr. Wadih Helou precisa de um golpe teatral desse porte para fortificar a situação, às vésperas das eleições da nova diretoria.

Piedade para Garrincha se chama apenas: bom negócio.

Um bom negócio, Garrincha, um bom negócio para o Botafogo e para você, é tudo o que você pode e deve exigir!

Folha de S. Paulo, 23.3.1965.

não confirmadas 1

CORTE MARCIAL PARA MARCIAL
Oficial flamenguista rubríssimo-nigérrimo ameaça goleiro esculhambado com IPM por subversão e corrupção, caso continue lavando as mãos na meia como Pilatos no credo e no crediário.

TENENTE VIRA MAJOR NA FRONTEIRA
O São Paulo F.C. promete promover a major o lateral esquerdo barriga-verde Tenente, do Metropol, de Criciúma, caso venha a ingressar em suas fileiras.

GARRINCHA COM ALERGIA CROMÁTICA
O grande Mané vem apresentando sintomas alarmantes de distorção ocular (estrabismo duplo), toda vez que se

defronta com bandeira, estandarte, flâmula, jaqueta ou meia alvinegra. Médicos aconselham uma cor mais remansosa – o verde, por exemplo – como única possibilidade de cura do estranho fenômeno alérgico-visual.

GOLPE DE ESTADO NO CORINTHIANS

As equipes inferiores do Corinthians, encabeçadas por elemento não identificado da oposição, tentam golpe palaciano no Parque São Jorge. Exigem o expurgo total da atual diretoria, do preparador técnico Osvaldo Brandão e de todos os titulares, ao mesmo tempo em que reivindicam o direito de ingressar no time de cima. "Chega de pernas de pau" – foi a lacônica declaração do porta-voz dos rebeldes que, na ocasião, portava um estilingue e mascava chiclé de bola.

PELÉ NÃO MARCARÁ MAIS GOLS

Por cláusula contratual, Pelé não marcará mais gols, para evitar que se diga "que o Santos é Pelé". O Rei se torna, assim, o primeiro craque do mundo a ganhar milhões por tentos não assinalados.

VIDENTE PREVÊ FINAL FANTÁSTICO

Vidente do bairro-município do Estácio, na Guanabara, e que se intitula "Boca do IV Centenário", prevê, para a disputa final do Torneio Rio–São Paulo, nada menos do que o confronto Portuguesa de Desportos *vs.* Ameba

(América-Bangu). Assegura a beduína que acirradíssimas contendas caracterizarão o certame, doravante.

PONTAPÉS NA REGIÃO GLÚTEA COMO NOVO MÉTODO TERAPÊUTICO PREVENTIVO

O Departamento Médico da Federação Paulista de Futebol vai recomendar, oficialmente, a todos os massagistas das agremiações filiadas à entidade o sistema assaz surpreendente – mas altamente eficaz ao que consta – de aplicar, ritmadamente, de seis a oito pontapés de média potência à região glútea de todos os reservas imediatamente após o final de cada partida. Segundo o laudo que acompanhará a circular, o novo método, já comprovado em testes sigilosos, além de evitar a calcificação do glúten, graças à aceleração da circulação sanguínea, cumpre também a função altamente psicológica de compensar a inatividade do atleta: após o tratamento, sente-se ele como se tivesse corrido esfalfadamente durante os noventa minutos de jogo.

4-3-2 FAZ SENSAÇÃO EM PORTUGUAL

Joaquim Pereira dos Santos, técnico preparador de uma equipe lusa sem maior expressão de Entre-Minho-e-Douro, causou sensação em Lisboa, ao expor as vantagens de seu novo sistema, o 4-3-2: "Ao entrarmos em campo com apenas dez elementos, o adversário será levado forçosamente a subestimar as nossas forças!"

Folha de S. Paulo, 24.3.1965.

não confirmadas 2

PASSES TAMBÉM PARA DIRIGENTES

Nos meios desportivos cariocas circula a notícia de que Nilton Santos, decididamente empenhado na plena democratização do futebol profissiovnal, vai propor à federação guanabarina de balípodo a extensão do sistema de passes também aos dirigentes dos clubes. De acordo com a nova medida, o dirigente cuja atuação não se apresentasse satisfatória teria o seu passe posto à venda, procedendo-se, em seguida, à aquisição de novo dirigente – sem prejuízo da possibilidade de realização de um escrutínio extraordinário. Um conselho Misto, composto de onze jogadores e dez associados com as mensalidades em dia, encarregar--se-ia de arbitrar o preço do passe. Em represália, os atuais dirigentes cogitariam da criação de uma Bolsa de Valores de Dirigentes, com emissão de títulos, destinada a coibir a especulação desenfreada e o aviltamento dos preços.

ALIANÇA PARA O PROGRESSO DO FUTEBOL

O Ministro do Planejamento, sr. Roberto Campos, já teria incumbido o seu *staff* de um primeiro projeto da "Aliança para o Progresso do Futebol", que visa ao incremento do futebol nos países das Américas onde essa modalidade desportiva se encontra em estágio de subdesenvolvimento – como é o caso dos Estados Unidos. Em troca de um curso rápido de futebol, a ser ministrado por um corpo docente de escol orientado por Pelé, os países beneficiados se obrigariam apenas a adquirir armamento, isto é, equipamento desportivo de fabricação brasileira.

PELÉ E O FUTEBOL FEMININO

Consultado por radiante desportista sueca, interessada na difusão do futebol entre as representantes do belíssimo sexo de sua pátria, sobre qual o treinamento mais indicado para principiantes, Pelé destacou os seguintes pontos: 1) iniciar por exercícios leves, de dois toques; 2) efetuar à perfeição as devoluções manuais; 3) aprimorar a técnica de matar a bola no peito; 4) saber realizar cruzamentos pelo alto; 5) aprender a trocar de posição no momento oportuno, de modo a manter-se sempre em boas condições de receber o couro; 6) não se deixar surpreender por lançamentos executados pelas costas, particularmente à altura da meia lua, dentro da área perigosa e nas imediações da pequena área, a boca de meta; 7) evitar o jogo individual excessivo. E acrescentou o Rei, jocoso, de dedo em riste, à guisa de admoestação final: "E obedecer direitinho a todas as regras para evitar a expulsão".

DETECTOR DE IMAGENS DO PENSAMENTO

O inventor paulista Edvaldo Chelinini, que já tentara comunicar-se com os mortos por meio de um aparelho que patenteou sob a denominação de "Telalém", acaba de inventar um novo aparelho, ainda não batizado, e que se destina a captar imagens do inconsciente. A primeira aplicação do invento destina-se a atletas, pois a bateria transistorizada se realimenta com o calor e o movimento. Trata-se, em síntese, de uma redinha ou gorro de malhas capilares eletromagnéticas, conectado por um fio a um "detector ou formador de imagens" – espécie de câmera fotográfica em miniatura, que o atleta pode levar costurado às costas, na camisa. Os impulsos cerebrais colhidos pelas malhas são transmitidos a um "decodificador", que transforma os estímulos em imagens, sensibilizando um microfilme.

A primeira experiência foi efetuada com um jogador de futebol, durante uma partida realizada em Ribeirão Preto. O êxito superou as expectativas, pois o microfilme captou a imagem bastante nítida do semblante de uma venerável anciã de cabelos brancos e camafeu. Não foi possível interpretar, até o momento, o impressionante "retrato cerebral", pairando dúvidas sobre o seu real significado, embora pessoas afirmem que é patente as semelhanças de alguns traços da imagem com os traços do rosto da falecida progenitora do árbitro que dirigiu a partida na ocasião.

Folha de S. Paulo, 25.3.1965.

essa beleza: nem o tempo chuvoso, nem o gramado escorregadio, nem a assistência decepcionante. Nada fazia prever que o fleumático Ademir da Guia estivesse fria e admiravelmente empenhado em lutar por um

se iguale à daquele
se reerguer das cinz
da queda e retoma
de altos feitos, ludib
armadilhas do desti
esse reerguer-se sig
de puro orgulho co
da sorte e do fado,
signifique um desafi
absurda fortuna – c
Macbeth, Napoleã
– o mergulho último
do inferno vai nimb

ue conseguem
, sacudir o pó
eu curso glorioso
ndo assim as
. Mesmo quando
que uma revolta
a as gargalheiras
esmo quando
atal e final à
no nos casos de
Manolete e Getúlio
as profundas
o de uma luz e

título	Terceiro Tempo
autor	Décio Pignatari
editor	Plinio Martins Filho
produção editorial	Aline Sato
projeto gráfico e capa	Gustavo Piqueira | Casa Rex
revisão	Thiago Mio Salla
formato	14 x 21 cm
tipografia	famílias Glosa Text e Futura
papel	Pólen 90 g/m²
número de páginas	128
impressão	Gráfica Vida e Consciência